기쁜 마음으로

기쁜 마음으로

박해석 시선집

초판 1쇄 인쇄 2020년 7월 25일
초판 1쇄 발행 2020년 7월 30일

지은이 | 박해석
펴낸이 | 김태화
펴낸곳 | 파라북스
편　집 | 전지영
디자인 | 김현제

등록번호 | 제313-2004-000003호　등록일자 | 2004년 1월 7일
주소 | 서울특별시 마포구 와우산로29가길 83 (서교동)
전화 | 02) 322-5353　팩스 | 070) 4103-5353

ISBN 979-11-88509-34-8 (03810)

이 도서의 국립중앙도서관 출판예정도서목록(CIP)은 서지정보유통지원시스템 홈페이지(http://seoji.nl.go.kr)와 국가자료종합목록 구축시스템(http://kolis-net.nl.go.kr)에서 이용하실 수 있습니다.
(CIP제어번호 : CIP2020026380)

박해석 시선집

기쁜 마음으로

파라북스

| 시인의 말 |

한낱 인간으로 태어나
인간들을 딛고 일어서서 뭇 인간들을 짓밟아 죽이고
승자가 혹은 패자의 영웅이 된 자들의 무잡한 기록을 읽으며
인간에게 눈곱만큼의 해악도 끼치지 않는,
고애자 같은 시인이 된 것에 감사한다.
더욱이 기록이랄 것도 없이
아무도 거들떠보지 않는 땅바닥에 손가락으로
수많은 장삼이사와 똑같이
두서너 줄로 나를 끝낼 수 있으니까.
아니 그것마저 옹이진 손바닥으로 단번에
깨끗하게 지워버릴 수 있으니까.

이천이십년 유월
박해석

| 차례 |

기쁜 마음으로

기쁜 마음으로

너희 살을 떡처럼
떼어 달라고 하지 않으마
너희 피를 한잔 포도주처럼 찰찰 넘치게
따르어 달라고 하지 않으마

내가 바라는 것은
너희가 앉은 바로 그 자리에서
조그만 틈을 벌려주는 것
조금씩 움직여
작은 곁을 내어주는 것

기쁜 마음으로

무릎

고마워해야 하리라
무릎 한 켤레
온갖 뼈마디 부서져도 쉽게
낮아질 수 없는 우리에게
무릎 너희 있어
땅에 무릎 꿇고 거기 입맞추게 하는
두 손으로 공손히 세상 한번 받들어올리는,
신은 멀어도
그의 숨결 너나들이하는
해진 무릎 한 켤레
흙으로 돌아가 발 뻗고 잠들기까지
모름지기 우리는 그를 고마워해야 하리라

가시

평소 흠모하던 시인을 처음
뵙는 자리에서
말에 가시가 있는 시는
좋지 않다고 해서
집에 돌아와
그 가시가 어디에 박혀 있는지
찬찬히 들여다보았습니다
가시가 보이기는 보이는 것이었어요
빼버리려면 빼버릴 수도 있는 것이었어요
그런데 말이지요
그냥 그대로 놔두기로 했습니다
그 가시 하나로 버텨온 것을
그 가시 하나로 겨우 살아온 것을
오랜 살붙이처럼 피붙이처럼
징그러운

어름사니꽃*

다투어 피어나는 꽃
두 번 다시 못 보고 죽을세라
눈에 불 켜고 더러 쌍심지 돋워
다가갔더니
시나브로 져 내리는 꽃
서러워 차마 서러워
눈 감고 돌아서서 생각하니
그게 전부였고나
꽃 피고 지는 사이
꼭 그만큼이었고나
목숨 한마당에 줄을 놓아
허공에서 출렁였고나
어름사니꽃으로 춤추었고나

* 어름사니: 남사당패에서 줄을 잘 타는 사람을 일컫는 말.

사랑

속잎 돋는 봄이면 속잎 속에서 울고
천둥 치는 여름밤엔 천둥 속에서 울고
비 오면 빗속에 숨어 비 맞은 꽃으로 노래하고
눈 맞으며 눈길 걸어가며 젖은 몸으로 노래하고
꿈에 님 보면 이게 생시였으면 하고
생시에 님 보면 이게 꿈이 아닐까 하고
너 만나면 나 먼저 엎드려 울고
너 죽으면 나 먼저 무덤에 들어
네 뼈를 안을

부양가족

한여름 도살장 앞에 팔려온 소들이 도열해 있다

낯선 풍경에 커단 눈만 멀뚱거리는
그들을 향해
쇠파리 날파리 들이 다투어 올라타서
피를 빨아먹는다

이 각다귀들!
꼬리채찍 휘두르다 휘두르다
가만 내려놓는다

저들도 알고 보면 내 피붙이인지 몰라
그렇지 않고서야 이렇게 줄기차게
나를 괴롭히지 않을 거야

형장의 이슬이 될 때까지
못 견디게 나를 붙들고 이토록
울고불고하지 않을 거야

구름다리 위에는 구름이 산다

말죽거리 구름다리 위에는 날마다 구름장이 서
새털구름 넝마구름 찢어진 구름 들이 옹기종기
제 요량껏 싸들고 온 구름을 팔고 있는데
오백 냥 천 냥짜리 천덕꾸러기 구름들을 팔고 있는데

말죽거리 구름다리 위로는 오늘도 물먹고 풀죽은 말들이
히히잉 울음 한번 못 울고 말발굽 소리 못 울리고
출렁출렁 위태로운 구름발을 하고 지나가는데
어느 틈에 와 끼었을까 맹인 부부 하나이 붙어 앉아
빈 바구니 앞에 놓고 노래 부른다
저 높은 곳을 향하여 날마다 나아가니
구름 저편 언덕 너머로 우리 데려가 달라고
노래 부르며 저 혼자 깊어가는 밤하늘을 우러른다

겨울 동그라미

눈발 그치고 갑자기 어두워오는 겨울 오후
노량진역에서 한 아낙이 전철에 올랐는데요
옆구리에 낀 자배기를 내려놓자 해감내가 확 풍겨오는데요
더러는 코를 싸쥐고 슬금슬금 뒷걸음을 치는데요
옷깃에라도 서로 부딪힐까 봐 엉덩이들을 빼는데요
남자 코에 매달린 젊은 애인은 갈매기처럼 끼룩거리는데요
때 절은 수건을 목에 두른 채
전대에서는 게새끼처럼 지전이 꾸역꾸역 기어나오는데요
그걸 침 발라 열심히 세고 있는 아낙을 굽어보며
잘 벼린 턱을 가진 뭍것들이 게걸음을 치면서
동그라미 한 채를 만들어놓았는데요
한두름으로 엮어져 바다 쪽으로 실려가며
우리들 비릿한 생이 수평선처럼 부풀어오르는 겨울 오후

나쁜 서정시

아우슈비츠 이후에도 수많은 시가 쓰여졌다

나는 육이오 전쟁중에 태어나 오늘까지 살아남았다
아우슈비츠 유대인만큼 지독하지는 않지만
헐떡이며 숨막히며 가슴 두근거리며 살아왔다
머리털 손톱 발톱 뽑히지 않았지만
내일을 모르고 희망의 벽에 둘러싸여
세상 밖으로 나가려고
이 세상 밖이라면 어디로든 나가보려고
오늘을 할퀴며 살아왔다

아직 목숨이 붙어 있어 이렇게 시라는 걸 끄적거린다
아우슈비츠 가스실에서는 통곡을 하며 죽어갔는데
나는 누구 심금을 울리려고?

퉤!

노래 하나를 품으면

노래 하나를 품으면 칼이 될까
탱크가 될까 천둥이 될까
어머니, 당신의 적은 산처럼 끄떡없는데
노래 하나를 품으면 그 산이 벼락치듯 무너져내려
당신 발아래 평지로 눕게 될까요
씨 뿌려 싹 트고 거기 노래하는 꽃이 피고
새 우는 벌판이 될까요
노래 하나를 품으면 비 오는 거리
내가 지은 청춘의 두엄자리에는 단내 나는
썩어가는 것들이 사함을 받을 수 있을까요
무찔러 무찔러 노래 하나를 품으면
비석의 거리, 저마다 춤추며 일어서고
가슴에 선지피 흘러도
노래 하나를 품으면 해가 될까요
달이 될까요
어머니, 노래 하나를 품으면
강이 될까요 바다가 될까요
망치가 될까, 깃발이 될까요

한 소식

두문불출 세이레에 마음은 자꾸 마음 밖으로 나가자고 보채쌌고

실쭉샐쭉 북상하리라는 화신도 오리무중인 날

어라, 한 소식이 오니 미치것다!

경부고속도로 안성인터체인지 부근

돼지 바리바리 싣고 달리던 트럭 하나가

벌렁 뒤집어지며 나뒹굴었다는 거

요행히 운전수는 크게 다치지 않고

왈칵 쏟아져 나온 돼지들 눈 휘둥그레 뜨고

이리 뛰고 저리 뛰고 길길이 뛰며

(넉장거리로 하늘 향해 삿대질하는 녀석도 있으렷다!)

요리조리 꿀꿀꿀 몰려다니며

한바탕 북새통 치는 바람에 한동안 교통이 마비됐다는 거

모처럼 나도 열없는 몸이 열을 받아 희희낙락

참말로 미치게 미쳐부러것다!

모란행

종점 수서역에서 서울지하철 버리고
국철로 갈아타려고 걸어가는 데 십수 년이 걸렸다
성남 모란에서 만나자는 친구의 전화 그 전화
받는 데에도 꽤 오랜 시간이 흘렀다
한솥밥 먹으며 구두 한 켤레로 꿈을 꾸던 곳
뒤축이 다 닳도록 뿔뿔거리며 서울로 몸 팔러 다니던 길
그 길 아래 길 뚫려 그 길 머리에 이고
전동차 맨 꽁무니 칸 올라타니 오후 두 점 반인데도
꾸역꾸역한 인총, 벌써부터 숨이 가빠온다
출입문짝에 등을 기대고 두리번거리니
입성들은 밝아지고 머리털 입술꼬리도 부드러워졌지만
누구도 안중에 없다는 저 무심한 눈빛은 변하지 않았구나
정해진 시간표에 목이 매여 쉽게 떠나지 않는 철머구리차
열 몇 정거장 가까운 길인데도 나는 얼마나 멀리 바라보았는가
가닥가닥 누더기 길 마음의 고뿔 안고 콜록거리며
새벽으로 나갔다가 밤늦게 넘던 수진고개
그 고개 그 자리에 말없이 누워 있으련만
제 속살 헐어 평평한 노루목 놓아 나를 끌고 가겠다고
오라고 어서 오라고 부르는 소리
구르는 바퀴자락에 깔리며 시난고난 묻혀갈 때
모란시장 어느 어름에서 나를 기다리고 있을 친구
우리 막걸리 마시던 난전 이 겨울에도 터를 잡고 있을까

모가지마다 줄줄이 사슬에 엮여 발버둥치던 개 떼들
그 사이로 으르렁거리며 하루해 날품들을 팔며 짖어대던 곳
귀 멍멍 이빨 아드득 허파꽈리에 독한 담뱃진 뽀글거릴 때
두 집 건너 한 집마다 연탄가스 마시고 팔다리 뻣뻣해올 때
거푸집 수세미 머리통들 김칫국물 들고 달려오던 그 골목
아직 거기 있을까 거기 있어 인면수심 얼굴에 철망 덧쓰고
헐떡거리며 산 나그네 오랜만에 발 내딛는 것 받아들여줄까
술 한잔 건네며 곱창 심줄 한번 펴보게 그냥 놔줄까
마음 마냥 바쁘게 더워와도 느릿느릿 속이 타는 모란행

젖은 길

어려운 사람에게 어려운 일을
부탁하러 왔으나
어려운 일인 만큼 쉽게 결정할 수 없으니
생각해보고 연락 주겠다는 사람에게
두 번 절하고 돌아가는 길

그새 소나기 한줄금 지나갔나 보다

길이 젖어 있다
그 길 가녘에 누가 먹은 자장면 그릇인가
신문지로 얼굴을 가리지 않아
검은 내장이 한껏 비를 맞았다
둘러보아도 공사장 같은 건 보이지 않고
지나쳐온 손바닥만 한 안마당의
연립주택도 한참은 떨어져 있고
개 한 마리 서성대지 않는다

내가 언제 내 길에서 벗어났던가
한눈 한번 안 팔고 길 위에 있는 길만 가지 않았던가
그런 나에게 生活은 언제나 死活이었다

겨우 땅거죽을 밟고 가는 발바닥이 왜 갑자기

밑바닥으로 굴러떨어지는 것처럼 느껴지는지
이런 내 낌새를 아는지 모르는지
젖은 길은 젖은 채로 누워서
벌써 다녀오는 길이냐고
왜 일이 잘못되었느냐고
머릿속에서 아까부터 다른 사람을 찾는
내 마음을 이미 읽었다는 듯이
나도 다른 길을 알아봐주겠다고
거기 찾아가는 길을
길동무에게 일러 알아놓겠으니
너무 걱정 말라고
나를 타이르며 나를 떠받치고 있다

나는 이제 막 오르막길을 오르고 있다

눈송이들

짐짓 생각에 잠긴 눈송이와 조마조마 가슴 졸이는 눈송이와 눈 때꾼한 눈송이와 눈탱이 밤탱이 된 눈송이와 까칠한 눈송이와 땍땍거리는 눈송이와 다리모가지 부러진 눈송이와 뿔테 안경 쓴 눈송이와 방황하는 눈송이와 좌고우면 눈송이와 따따부따 눈송이와 분식회계 눈송이와 송이송이 눈송이와 조곤조곤 눈송이와 꿀밤 먹은 눈송이와 봉두난발 눈송이와 공중제비 눈송이와 허공에서의 알바 시급은 얼마냐고 묻는 눈송이와 계산은 무엇으로 하느냐고 캐묻는 눈송이와 매맞는 눈송이와 무엇을 잊고 온 듯 훌쩍 치솟는 눈송이와 곤두박질하는 눈송이와 계급장 뗀 눈송이와 바코드에 찍히지 못하는 눈송이와 개발에 편자 눈송이와 눈웃음치는 눈송이와 비웃음당하는 눈송이와 찧고 까부는 눈송이와 맥놓고 있는 눈송이와 으앙 하는 눈송이와 그렇고 그런 눈송이들이 내리고 내리고 내리는데 "흩날리는 눈송이의 덧없는 운명을 바라보며 비탄에 잠"*길 줄도 모르는 바보 맹추 눈송이는 기막힌 타이밍으로 어딘가에서 흘러나오는 "한 송이 눈을 봐도 고향 눈이요 두 송이 눈을 봐도 고향 눈일세"** 를 입속으로 따라 부르며

비스듬히 내리는 동무 따라
비스듬히 내리는 그
곁에서
더는 비스듬히라고 할 수 없을 만큼

비스듬히 저를 눕혀
차례차례 땅에 내려

남부버스터미널
대합실을 나와
바람에 쓸리며
비스듬히 계단을 내려가는
남부여대 일가족의
발밑에 깔리며

어디로 어디로 가고 있는 있는지도 모를 눈송이를 따라 걸어가는데 걸어가고만 있는데……

* 비스와바 쉼보르스카(1923~2012): 폴란드의 여성 시인.
** 가요 〈고향설〉.

밤의 배낭 메고 천천히

희망 없는 호프집의
맥주 술잔 속의 거품폭포 소리
잘못 든 꿈속의 몸 뒤척이는 소리, 간간이
혀 꼬부라진 소리
이 악다문 얼굴 풀어놓으려고
이빨 가는 소리 잠시 멈추게 하고
죽이 맞는 친구 셋이
거덜난 밥통들을 데불고
이틀 밤 이틀 낮을 헤매었다

후포 지날 때 갈매기 떼 일제히
시퍼렇게 파도 마음 얼려 헹가래 치는 소리
소수서원 소나무 숲속에서 만난
희한한 머리 화관 우쭐대며
청설모 달음박질 소리
백암온천 찾아가다 맞딱뜨린
겨울개나리 물 긷는 소리, 얼얼해
트럭 추월하려다 황홀하게 딱지 떼이는 소리
허공에 뜬 둔덕 위의 허연 으악새들
통째로 뼈 삭이는 소리

—자매 같은 두 어머니

밤의 배낭 메고 천천히 노래 부르며 가는
고요가 난장치듯 밀물져온
사당역 지나가는 늦은 전철 속
딸 같은 딸 하나 조을다가
눈 번쩍 떠 뒤쫓아가
플라스틱 소쿠리에 동전 떨어뜨리는
가슴 철렁이는 소리!

오랜만에 흙 묻힌 발바닥 밟고 가는
어머니의 저 오랜 질긴 쟁기질 소리!

어머니의 방

내 기억이 틀림없다면
내 나이 대여섯 살 때
1·4 후퇴 끝나고 두서너 해 지난 어느 겨울
외가인 금산에서 전주로 돌아오는 길
어머니 봇짐장수였는지 양식 구하러 갔다 오는지
머리에 보퉁이 인 어머니 나와 누이와 함께
차편 끊겨 대전에서 하룻밤 묵게 되었다
잔뜩 고개 숙이고 기어들어간 하꼬방 여인숙
알전구가 두 방 천장 한가운데 달랑 매달려 있었는데
옆방에서는 술 취한 사내들이 농지거리와 음담패설로
때로 주먹으로 얇은 베니어판 벽을 두드리며
어머니를 해코지하려고 들었다
어머니 파랗게 질려 머리끝까지 이불 뒤집어쓰고
우리를 품안에 쓸어안고 밤새 벌벌 떠셨다

일찍 불 꺼진 어머니 방 보고 있으면
그 겨울 생각난다
(그때 아버지는 어디서 무얼 했는지 생각나지 않고)
어머니 자주 아프시고 누이들 멀리 떠나고
아직도 무엇이 무서우신지
머리끝까지 이불 뒤집어쓰고
모로 누워 온몸 오므리고 주무시는 어머니

그 겨울 밤새 벌벌 떨리던 그 방 생각난다

역에서 도보로 십분

세상을 엎었다 뒤집었다 하는 호떡장수가 있다
자꾸만 감옥을 쌓아올리는 만두장수가 있다
체제의 질긴 혓바닥을 자르고 오려붙이는 신기료 할아버지가 있다
이단으로 낙인찍힌 종교 집단의 해바라기하는 성도들이 있다
폐타이어 하반신을 뭉클리며 손수레 밀어가는 하모니카 청년이 있다
서울 시청까지 전철로 삼십분 역에서 도보로 집까지 십분밖에 안 걸리는
아늑한 보금자리라고 선전당한 하자투성이 다가구주택이 있다
사흘이 멀다 하고 실직한 가장들이 조그맣게 몸뚱이 말아들고 오는
한 지붕 열다섯 가족이 있다
밤늦게 슬쩍 스며드는 불평불만이 가득한 사내가 있다
오래 혼자인 노모의 사나운 꿈자리가 있다
노아의 방주 속에 서로 엉겨붙은 머리통들이 있다
밤새 출렁이는 내일을 모르는 죽음의 관이 있다
아기 하나 심으려고 쿵쿵 구들장 무너뜨리는 소리 소리가 있다

가난의 힘

막전철에서 내려
골목 한 굽이 돌아갈 때마다
유행가 한 소절씩 뽑아 부르고
혼자 벌받고 선 보안등에 꾸뻑 절하고
헛구역질하다 애꿎은 전봇대 걷어차고
어둔 하늘 향해 두 손으로 감자먹이다가
쉬잇—막다른 골목
도둑고양이처럼 조심조심
발소리 낮추며
벌집 방문고리 하나 따고
전등 스위치 찾아 올리고
두 무릎을 꿇고
잠든 애들의 발가락에 차례로 입맞추고
더운 입김으로 아내의 옷섶 마구 헤치며
두 젖가슴 눈물의 골짜기 속으로
코를 들이밀다가
눈물 한 방울 떨어뜨리다가
소리 안 나게 웃다가 울다가
자꾸만 눈물의 골짜기 속으로……

아침이면 벌건 콩나물국에 후룩 밥 말아 먹고
씽씽 일하러 간다

반지하생활자

손 벌려 팔 벌려 아무 데도 갈 곳 없을 때
그때 비린 생선 냄새와 청국장 냄새와
스멀스멀 알 수 없는 연기 진동할 때
늦은 저녁 밥상머리에서 어머니 꼼짝 않고
누워 계시던 아랫목 곁눈질하며
숟가락 드는 둥 마는 둥 하고 거리로 나왔을 때
거기 어디에서는 밝은 불빛이 흘러나와 웃음꽃 피울 때
그때 첫아이가 젊은 엄마 배를 툭툭 차고 있을 때
싸늘하게 식은 아내의 손과 뜨거운 내 이마가
함께 걷던 그때 꽃도 나무도 보이지 않던
밤나들이 그 거리에서 왜 어려워했는지
풀리지 않는 숙제처럼 왜 끙끙거렸는지
가까이 건네오는 아내의 숨소리에 왜 막막했는지
그때 낯익지 않은 더부살이 거리에는 왜
바람도 한번 시원하게 불어가지 않았는지
그 바람 소리에 소매를 맡겨 저 멀리로
흘러가는 꿈 한번 꾸어보지 않았는지
빰따귀 한번 마음 놓고 올려붙이지 않았는지
그때 지상에서는 왜 소리 없이 계절이 지나가지 않았는지

식수를 끓이며

며칠째 혹한이 계속된다
너 지금 어디 있는가
쫓기듯 뛰어든 네 방에서
나 옷도 벗지 않고 쓰러졌을 때
가만가만 내 입 속으로 물 부어주던 너
우리를 살찌게 할 수도 없고
배고픔에서 완전히 해방시켜줄 수도 없는
힘없는 물이 나에게 보여준 최초의 힘!
식수를 끓인다
너 지금 어디 있는가
우리집 대문을 두드리다 사라진 너
모두가 고요함에 떨고 있는
비겁한 늦은 골목길에서
애타게 날 부르다 지쳐 돌아간 너
식수를 끓인다
잠든 식구들 멀리하고
칼날 같은 바람만 울부짖는 밤의 모서리에서
제 숨이 끊어질 때까지 끓고 있는
이미 반쯤은 제 목마름 삼키고
반쯤 남은 마지막 타는 목마름 기다려
네가 오는 가까이 내놓은 물그릇
너 지금 어디 있는가

민간인

낮게 엎드려 살더라 백일홍도 지고 가을국화도 시들면
아랫목에서 심지 낮추고 기침도 삼간다
꼬박꼬박 세금을 내고
석간신문을 사들고 만원버스에 시달리며
때가 되면 아기를 낳는다
가끔씩 날벼락에 피뢰침 없는 머리가 터지고
공동묘지 비탈진 곳에 마지막 숨결을 풀어놓는다
감발도 치지 않고 환도도 차지 않고
밤으로만 구시렁거릴 뿐
당당하게 적을 꾸짖지 못하고
아전이나 이방한테 굽실거리고
흉흉한 때나 궁휼의 세월을 칡처럼 보내더라
저 건너 골짜기엔 화전의 불빛 일렁이는데
역모로 국법을 어긴 죄로 오랏줄에 장형을 받고
칠성판 위에 눕혀지더라
자진하여 서까래에 목을 매어 혀 빼물고 죽어버리더라
서로 섞여서 비명을 질러도 누구 하나 움쩍 않는다
썰물 끝난 개펄 위의 게처럼 어기적거리며
청산가리에 벼린 얼굴 하늘 우러러
천둥 번개 치는 날에 소리 없이 울더라
칡뿌리 같은 삶을 꺼이꺼이 살더라

타이탄 트럭

미사일 같은 가스통도 빽빽하게 싣고 달리고
자본가들의 파티에 아침꽃으로 바치는 화분 화환도 싣고 달리고
쿠션 좋아 하룻밤에 천국 열두 번 왔다갔다한다는 외제 침대도 싣고 달리고
철거당한 민중 미술도 전봉준처럼 싣고 달리고
별동네 달동네 겨울나기 연탄들을 시커멓게 웃기며 싣고 달리고
변두리 변두리로 쫓겨가는 일가족의 비 맞은 이불보따리도 싣고 달리고
죄없이 죽어 거적때기에 둘둘 말린 시퍼런 주검도 쌩쌩 싣고 달리고

디아스포라

더 많은 죄를 짓기 위해
더 많은 벌을 받기 위해
어둠의 끝에서 끝 헤매고 다녔으니
아늑함의 아늑 저편에 비 내리고
문득 돌아보는 내 살던 마을
눈보라는 해진 무릎으로 길을 쓸 뿐
고요론 마음 한 가닥 전할 수 없어
땅에 코박고 돌아서왔다
쬐그만 향낭인들 누군 못 차랴
차마 아니 뻗는 손이
주머니 속 독을 지니고
더워오는 얼굴 바람 앞에 서면
빈 나뭇가지 때로 잎으로 뒤덮이는 것을
잔인해지기 위해 발밑 소리 없는 이끼 밟아 죽이고
난폭해지기 위해 밤하늘 별 손톱으로 눌러 죽이고
귀막고 혼자서 땀 흘리며 갔다
누군들 영원히 혼잣몸이 아니랴
자욱함의 자욱 한켠에 안개 깔리고
이마 위 성큼 칼금 치는 벼락
불현듯 쥐어보는 힘없는 두 주먹
천둥은 어깨 너머로 킬킬거릴 뿐
땀 젖어 아우성치는 손수건도 버리고

강철 햇살 막아주던 챙모자도 내팽개치고

세상의 끝에서 끝 헤매고 헤매리

더 많은 적을 갖기 위해

더 많은 원수 만나기 위해

어찌할 바를 몰랐다

키 작은 쥐똥나무가 집단으로 눈을 찔러오는 날
초록 이파리들이 경기 들린 듯 옴쭉거린 날
공원에서 어깻죽지를 벤치 등받이에 허물어뜨리고
가만 앉아 있었다
바람이 있었던가 없었던가
가까스로 눈을 뜨고 죽은 듯이 앉아 있는 내 앞으로
한 여자가 지나갔다
얼굴에는 온통 검댕칠을 하고
마구 헝클어뜨린 머리에는 꽃잎을 얹고
히히 웃으며 그곳까지 보일락 하는
찢겨진 옷 나붓대며 화단 사이를 빠져나갔다
나는 어찌할 바를 몰랐다
햇빛이 내리쬐었던가 그늘이 있었던가
가시끼리 서로 다투며 기어이 꽃망울을 열던가
벤치 위에는 몇 사람이 드러누워 있고
그저 멍하니 허공을 바라보고 있고
신문으로 얼굴을 덮씌우고 있고
푸른 하늘이었던가 구름이 흐르던가 멈추었던가
내 옆의 옆의 앞의 벤치에 앉아 있던
사내 하나이 갑자기 땅으로 곤두박질치며
온몸을 비틀며 뒹구는 것을
구경꾼이 모여들고 몇몇은 애써 외면하고

우우 하는 짐승 소리를

펄펄 끓는 물속에서 발버둥치는 새우처럼

거품 물고 몸부림치는 것을

나는 보았다

내 몸이 별안간 뜨거워지며

그때, 아무것도, 무엇이든, 일어나서는 안 될 일이

일어났다는 것을 깨달았다

나는 어찌할 바를 몰랐다

꺼멓게 시간이 탔던가 불길이 치솟았던가

오월이었던가

마을버스를 기다리며

즐거운 토요일 오후를 망칠 순 없지
시내 곳곳에서 데모를 벌인다는 소문이 돌아
서둘러 집으로 돌아가는 사람들의 꽁무니를 좇아
쫓기듯 전철에 매달리는 창백한 중년의 나이

한가운데서 버둥대고 살 필요는 없지
중심에서 벗어나면 이리 편안한 것을
알 사람은 이미 다 알아버린 것을
늦깎이처럼 깨닫는 요즈음

전철을 내리자마자 쏟아지는 소낙비
급히 과일가게 처마 밑으로 뛰어가 비를 긋고
네거리를 내다본다
비, 너는 왜 오느냐, 발목마다 붕대를 감고 깨금발로
왜 이곳으로 뛰어내려오느냐

물방개 같은 마을버스들이 부르르 기어오고
제가끔 네거리 저쪽 제 구멍을 찾아 벌벌벌 돌아가고
(우리 동네 버스 기사는 파업을 했나, 오지 않고)
사내 몇이서 비를 피하고 있는
도심에서 한참은 멀리 떨어진 이곳
정사 한 줄 못 쓰고 야사만 넘실거리는 오월의 오후에

비, 너는 무엇을 쓰고 가려고 이 지상으로 무너져내리느냐
곤두박질쳐 네 온몸이 부서진들 변할 것 하나 없는 이 세상

무엇이든 변하는 것이 불안한 나이
제 그림자 하나 겨우 끌고 외곽 지대로 피난 와
데모대 같은 폭우에 길이 막혀 네거리에 묶여 있는,
오월의 비 내리는 오후에 행복하지도 않고
불행하지도 않은 사내 하나가
팔짱 낀 채 물끄러미 네거리를 내다보고 있다

투신

시대의 소용돌이 속에서 괴로워했던 선후배
한몸으로 꽁꽁 묶였던 동지
서로 열렬히 사랑했던 연인

세월이 흘렀다—
남자는 결혼해 유복한 처가 덕에 탄탄대로
여자는 가난한 내연의 처가 되었으니

남자가 오는 날을 여자는 기다렸다
언제나 최후처럼 서로를 불태운 후
남자는 길게 누워 담배를 피워문다

"정치를 해야겠어 세상은 변하지 않았어
개혁할 것이 너무 많아
이제 우리는 그만 만나야 해"

식은 된장찌개를 남겨 두고 남자가 사라진 후
여자는 베란다에 나가 오래
깊은 밤하늘을 바라본다
그리고 가지런히 신발을 벗어 남기고
훌쩍 허공으로 뛰어내렸다

아직 봄이 먼 새벽 화단에

붉은빛으로 가득한 꽃 한 송이 낮게 엎드려 있다

고배

마시리라
너희들 아편에 물들지 않고
너희들 부황에 눈멀지 않고
무릎으로만 뉘우치는 너희들 비겁함에
고개 숙이지 않고
어둠 속 톡 쏘는 빛의 정다움에 정들지 않고
도가니 같은 밤 속에서 펄펄 끓다가
봄치위하는 새벽 하늘
소주 한 사발에 말갛게 씻긴
쓸개 한 뿌리를
홀로 씹으리라

인정머리 없는 희망

내가 아무리 무릎을 꿇고 빌고 빌어도
입에 곡기를 끊고 밤낮으로 애원해도
솔기 한번 만지지 못하게 하고
언제나 화냥년 같은 얼굴로 눈앞에 어른거리는,
물기를 다 쥐어 짠 행주같이
불기를 다 눌러 끈 후에 마지막 남은 재처럼
몸과 마음 다 망가진 다음에
비쭉이 고개 내미는 인정머리 없는 년!
어두운 데서 가만 속삭이는
희멀건 화랭이 같은 놈!

눈물은 어떻게 단련되는가

하염없이 부는 바람 속에서
대지에 입맞추는 추운 햇살 속에서
언제나 죄를 짓고
어머니 어머니 부르는 나날의 곤고 속에서
방울방울 눈물은 저를 키워가는 것인가

해거름녘 눈물 그렁그렁하는 내 눈물 동무
언제나 나 혼자 눈물짓게 한 것은 무엇일까
가시나무에 찔린 내 눈에서 흘린 피를 보았을까
언제나 돌아서서 눈물바람하던 어머니

우리를 어루만지던 눈물도 이제는 바다에 다다랐나
옥토에 떨구던 그 한 점의 세례도
이제는 불 속에서 꺼멓게 타버렸나

눈물도 없이 커다란 상처로 웅크린 채 우는 사람들이여
너희들 가슴속에는
사리 같은 견고한 눈물이 쌓여 있는가
쌓여 무너져내리는가

메마른 육신의 어느 한쪽이 저절로 열리면서
거기 샘솟는 아, 기쁨의 우물

슬픔의 두레박도 있으려니
눈물은 이제 어디만큼 와서 제 옷을 벗고 있는지
어머니, 당신의 목소리에 아직 제 눈물은 남아 있는지

눈물도 없이 커다란 상처로 웅크린 채 우는 사람들이여

누항사(陋巷詞)

바늘방석은 내가
온종일 자기를 깔아뭉개는 줄만 알 거야
숨죽여 바늘을 뽑아내는 줄은 모를 거야
그렇지 않고서야 저렇게 시치미를 뗄 수 있을까
비명 한마디 지르지 않을 수 있을까

바늘방석은 내가
뽑아낸 바늘을 쌈지에 담아 저잣거리로
날마다 방물장수 되어 떠도는 줄 모를 거야
그렇지 않고서야 다음날이면 또
새 바늘옷을 입고 그 자리에 앉히고 싶을까
숨이 막히도록 자기를 깔고 앉으라고 내버려둘 수 있을까

무위의 시

우두커니가 우두커니 먼산만 바라보다가
오늘도 별 탈 없이 하루가 가는구나 하고
지친 다리 좀 쉴까, 고개 꺾어 아래를 내려다보니

거기 고즈넉이가 고즈넉이 앉아 있는 게 아니겠어요
제 그림자인 줄 알고 손짓을 해도 꿈쩍도 않아
이봐, 너는 누군데 내 자리에 들어와 앉아 있지
그런 뜻의 눈짓을 보냈지만 아무런 반응이 없었어요
고즈넉이가 고즈넉이 올려다보는 눈빛에
우두커니는 또 우두커니가 될 수밖에요

세상에는 때로 이런 말없는 동무가 있어
살고 살아지는 게 아니겠어요

첫 기도

몸의 피는 꽃 피는 봄이었던가
피 끓어 끓어 코피로도 주체 못할 봄날이었던가
애인을 가졌을까
첫 키스 때는 눈을 감았던가
그녀 이마 우에 얼마 동안 머물렀던가
그때 그 향기는 무슨 색깔이었는지
애인의 등 뒤에서 무슨 말을 했는지
잊었노라, 하염없는 기쁨에 취해서
슬픔에 젖어서

첫 기도는 어떻게 왔던가
육친의 주검 앞으로 왔던가
꼼지락거리는 아이놈 발가락 위에서 했던가
봄밤의 꽃처럼 슬며시 자기를 열어
하늘을 향해 꽃망울 터뜨리는 것처럼
그렇게는 하지 않은 것 같다
컴컴한 어느 구석에서 옷을 찢으며
무릎 꿇고 벌레 한 마리 뱉어냈으리라
그 벌레 꿈틀거리는 것 물끄러미 바라보며
손으로 쳐죽였는지 발바닥으로 짓뭉갰는지
모르겠다
그러나 첫 기도는 그런 동물적인 것이리라

피의 냄새, 헐떡거리는 숨소리 같은 것이리라

아무래도 아무리 생각해도

가족력

방금집안력이라고하셨소현대의학은별걸다묻소병만고치면되지그깟것알아무얼하오유구하지도유치하지도않지만한마디로구우일모도낀개낀이오나전주이씨요안동권가요폼잡을일없이고도리한장없이그냥홑껍데기쭉정이오그이상은모르오대대로누가무슨벼슬했다던가경복궁에근정전창덕궁에인정전맞소그돌계단아래두줄맞춰서있는품석맨꼬라비에라도읍하고있던작자가있었는지모르겠소가문에가계보따지는놈들일수록옛날에공명첩에매관매직한놈들이오요즘의천민졸부와개다리참봉이뭐가다르겠소우리집안은족보가없소학교에서애들에게우리조상님알아보기그따위숙제내주면죽을맛이라하오고향의국제로터리클럽회원인사촌동생이기름때묻은작업복벗고양복빼입고회의에나가도자랑할그게없으니차마기를못편다오그래어쩌다피붙이살붙이모이면십시일반갹출하여본때있는족보하나만들자고침튀기나돌아서면그뿐이오나요이미죽은목숨이오호적부내이름석자에붉은줄그어내가벌써사망한걸로되어있다니까요어느시러베자식이한일인지혼인할때처가될쪽에서우리집안뒷조사하다신랑될놈이망자가되어있으니그걸꼬투리삼아시비깨나있었소동사무소직원이본적지호적계에정정신고를하라고합디다만이제와서뭘그럴필요있겠소죽은자식불알만지는꼴아니오아살아나면뭐할거요이순신이모함을받아옥에갇힐때남긴사생유명이니사당사의*라그것참명언이오또대선이오지금몇공화국이오공화국이바뀌면서울시내버스색깔만바뀐다는어느

교수의안목이볼만하오그런데전임시장이버스색깔을미리용도껏구분해칠해놓았으니그견해도이젠유야무야요정치는더러운일이라고한게대머리요털북숭이요그사람정말매독환자였소그냥사는거요쥐꼬리만한국민연금받아가며언제까지살랑가모르겠소만똥오줌잘누고내분수껏나물먹고물마시고사는거요뭐요가족중에누구고혈압당뇨환자없느냐구요이봐요의사양반내가지금껏지껄인집안력은뭐고가족력은또뭐요듣기쉬운말로당신핏줄중에이딴골병든위인있소없소하면벌써끝났을걸인생유한한데이렇게입주둥이놀려허비해도되는거요뭐요아쿠쿠쿠쿠내혈압!

* 死生有命 死當死矣: 죽고 사는 것은 천명에 달렸으니, 죽게 되면 죽겠다는 뜻.

큰불

불을 보았다
시궁창 수챗구녕 썩은 물웅덩이 속에서
손과 손이 맞닿은 그 조그만 어름 사이에서
바위와 풀꽃 여름날의 천둥과 겨울의 마른 번개 사이에서
밤 깊은 도시의 병과 이른 새벽의 쓰레기 더미에서

세 시와 아홉 시 흔들리는 시계추의 흔들림 속에서
아 외로운 이의 무덤 곁에서
더는 타오르지 않는 얼음산의 능선 위에서
불을 보았다
할머니 야윈 손마디가 지피시는
청솔가지의 파르스름한 연기 속에서
금계랍에 취한 닭벼슬의 고요 속에서
무너진 첨탑 금이 간 석쇠의 틈바구니에서
어두운 강의 깎아지른 벼랑 위에서
훙얼훙얼 돌아가는 골목길의 담벼락 사이에서

오줌과 똥 이와 이 불심 검문 철야 작업 입맞춤
굶주린 빵의 아우성 혹은 곰팡이 포도주 짚 더미
책 삐라 프로그램 네거티브 필름 서울시가도 혹은 연애편지

탄다 네 뼈와 살을 태워 네 침과 네 하품

네 스무 개 손톱 발톱을 태워
눈물을 태워 눈곱을 태워 티눈을 태워
상여를 태워 만장을 태워
장님 언청이 안잠자기 환관 점쟁이를 태워
내 눈을 태워 내 코를 태워 내 귀를 태워
아아 하얗게 남은 재를 태워 재를 태워
소금을 태워

아전이었던 애비를 태워 종이었던 애비의
애비를 태워
울부짖는 젖먹이를 태워 누이를 태워
바람난 형수 병신인 형을 태워

탄다!
침묵의 활시위가 날카롭게 휘어지면서
안장이 벗겨진 말의 잔등이 부풀어오르면서
탕관의 약이 부글부글 끓어 밖으로 넘치면서

탄다! 탄다!

부곡(部曲)에 가다

또 한 친구가 죽었다
버스로 넉넉잡아 시간 반이면 가 닿는 곳
나는 선불리 가지 않았었다 내 청춘의
무덤이 있는 곳
동정을 빼앗고 사라져버린 누이가 있던 곳
나는 간다 언제나 그렇다 밤으로 스며들었다가
새벽같이 도망쳐 나오는 곳
오쟁이 진 애비와 기둥서방과 하우스보이와
우다위와 감바리와 까리와 지저깨비 들
더러는 양키 물건 장사로 또 더러는
제 피붙이 살붙이 손보기로 밥을 먹던 곳
나는 거기서 처음으로 시를 만났었다
비 오면 온통 진창길로 변하는 골목마다
사시사철 노린내와 팝송과 쏼라쏼라
아메리카가 출렁이던 곳
꿀꿀이죽에 입맛 다시며 나는 시를 만들었었다
죽은 친구 영정 옆에 붙은 이름을 확인하고
무릎을 꿇고 고개를 숙인다
우리 모두의 고향도 아니고 더는 타향도 아니었던 곳
우리 한꺼번에 떼지어 날라리 불며 싸움박질하며
으르렁거리며 살았던 곳
일어나 둘러보니 모두 낯익은 그러나 하나씩 일별하면

얼른 떠오르지 않는 이름도 있고
양키 고 홈도 반외세 투쟁도 자주국방도
너희에게는 화려한 미사여구
그렇게들 너희들은 내가 끝끝내 외면한 이곳에서
자식 낳고 부모 공양하며 나이를 먹어
마지막 너희 뼈를 묻을 곳 이곳을 떠나면서
나는 시를 버렸었다
내가 차버린 이곳 어둠이 오늘 밤 나를 감싸안는다
내가 죽여버린 이곳이
나를 죽도록 가만 내버려두지 않을,
내 청춘의 묘비마저 이미 삭아내려 캄캄한 이곳이
내 시가 썩어 너희에게 흙 한 줌 되어주지 못할 것을
훤히 다 알고 있는 이곳의 사랑이
오늘 밤 눈물겹게 나를 부둥켜안는다

봄밤에 짓다

가난을 표나게 하는 것 같아 죄송합니다만
우리 가난홍보대사 홍보하고는 항렬이 어떻게 되는지요
요즘엔 눈총도 손가락질도 받지 못하는 천덕꾸러기 되었지만
구구절절 피눈물 흘린 그대 가난
끊임없는 전란 군주의 어리석음 미색 양귀비의
요사스러움 때문이었을까요
그대 애옥살이 행적 손가락 짚어가며 좇아가는 밤
간언도 잘하지만 딸린 식구들 밥 굶기지 않으려고
쌀 좀 보내달라고 간청도 곧잘 해야 하는 그대
성도 밖 물가에 친척과 벗들의 도움으로
띠풀로 지붕 이어 지은 초가집이
지상의 유일한 안식처라 그리도 마음에 들어했는지요
지금은 웅장한 '두보초당(杜甫草堂)'이 되어 관람객이 끊이지
않는다지요
삼협에 뜬 달이 물마루 가슴마루에 비쳐드는 외로운 심사
타향 떠나면 또 다른 타향 거기 어딘가에 굶어 죽은 아들 묻고
평생 먹물 노릇 후회는 하지 않았는지요
그대 시편 행간마다 피비린 북소리 울리고
쫓겨가는 백성들의 창백한 옷자락 나부끼고
잔나비 울음소리에 촛불마저 꺼지는 밤
내일이면 또 식솔들 굴비 두름 엮듯 엮어 한 줄로 세워
누런 하늘 아래를 걸었으니

그대 지고 이고 간 하늘은 오늘 여기도 매한가지
동서에 고금을 통해 글쟁이 호강한 적 없으나
이 나라 조정에서 글지이 딱한 사정을 어찌 헤아려
방방곡곡에 방을 내어 작품을 응모케 하여
낙점을 받으면 구휼미 스무 석씩 나눠준다기에
상갓집 개도 먹길 꺼린다는 국록에 눈이 멀어
우선 그거라도 받아 호구를 덜어볼 욕심에
때묻은 공책 침 발라 넘겨가며 떨리는 손으로
무딘 붓 잡고 한 자 한 자 적어내려가는 밤
그대같이 「빈교행(貧交行)」 노래하던 가객도 사라지고
찬 서리 눈보라에 국화꽃 상찬하던 풍류도
기개도 눈 녹은 듯 보이지 않고
난삽과 교언영색의 말글만 무시로 춤추듯 어지럽고
가난은 사랑의 하인이라는 사랑스런 금언도
더는 가슴에 와 닿지 않고
직장도 없고 소중하던 사람은 가까운 듯 멀리 있고
처자식과 떨어져 노모와 밥 끓여 먹는 날들
요행히 글삯 몇 푼 생기면 서너 냥쯤 서슴없이 헐겠습니다
그대가 반색했다는 말젖과 포도로 빚은 유주는 구하기 힘들더라도
여기 불소주 물소주 된 지 오래되어 제맛을 잃었더라도
한산곡주와 이강주는 아직 불기운 살아 있어 마실 만하지요

그게 안 맞으시면 제가 한때 즐겨 마셨던 이과두주나 고량주에
마파두부 안주 삼아 마시면 어떻겠습니까
아니면 지금 제가 마시고 있는 막걸리를 맛보시는 건 어떻겠습니까
황하의 일엽편주같이 떠돌던 그대의 파란만장이
천파만파 허연 물보라로 일어났다 스러져가는
한강 유람선 난간에 기대어 추억에 잠기는 건 어떨는지요
우리 사는 속내 물고기 배래기처럼 확 뒤집어보는 건 또 어떨는지요
살벌한 북풍 휘몰아치는 상강
병든 몸으로 배에 누워 세상에 작별을 고한 그대
주검을 운구할 방법이 없어 마흔세 해가 넘어서야 겨우
고향으로 돌아간 그대
다시 한 번 몸 일으켜 기러기 편에 일자서 띄우면
멀지 않은 평택 나루에 나가 기다리겠습니다
버드나무 없어도 버드나무 가지 잡고
버들잎 없어도 버들잎 한 잎 두 잎 씹으며
서늘한 가난 앞세우고 올 당신
꼭두새벽부터 기다려보겠습니다

회색과 쥐색

황사바람 어김없이 네댓 번 왔다 갔습니다
머리 위에 누런 빵댓집을 지었다 허물더군요
지팡이 하나에 전신을 의지한 채
한 발 한 발 힘겹게 걸음마 연습을 하던
노인의 힘든 동선이 그려나간 거리를
눈 가늘게 뜬 회색 양복이 바삐 걸어가고
개나리 떼 노란 눈망울 열까 말까 망설이는
초등학교 담벼락 밑동 구멍으로 겁도 없이
새까만 눈의 어미쥐가 새끼를 데리고 불쑥
고개 내밀어 지나던 행인을 놀래키더군요
사순절 지나고 부활절 아침에는
만나 먹고 취해 잠든 비둘기들 영 깨어날 줄 모르고
그리고 남은 봄 내내 거리엔 초파일 연등이 매달렸습니다
어느 것은 비에 젖고 어느 것은 벌써
햇볕에 바스라져갔습니다
불 한번 켜보지 못한 채
무지렁이 다 된 연등 아래를 지나가며
새소리 하나 들리지 않는 하늘을 향해
새 이름 하나 맞혀보려고 귀를 기울였습니다
그리고 남은 봄 내내
안부 전할 곳 찾아 애써 이곳저곳
주소를 물으러 헤매다녔습니다

별자리를 흘리고

알고 보니 나는 물병자리더군
일등별 이등별은 없고 흐릿한 삼등별
사등별로 이루어진 물병에서
물이나 따르는 물병자리에서 태어났더군

그래서 물먹고 살았을까 오늘도
물만 먹고 사는 걸까
하늘의 물병이 무시로 머리 위로 기울어져
통째로 물벼락이라도 맞게 되었을까
그렇게 사는 걸까

사자나 황소 같은 그런 힘센 자리까지는 말고
혹 전갈자리 같은 데서 태어났더라면
주눅 들지 않고 살았을까 조금은 대범하게
어깨 펴고 살았을까
전갈은 독이 있다니까 독을 품고
독을 쏘며 살았을까
악착같이 독하게 살았을까

어깨에 걸머멘 가방이 자꾸 흘러내리고
속이 울렁거려
밤의 나무에 기대어 선다

하늘을 올려다본다 취한 눈 어디에도
별이 보이지 않는다
내 별자리는 벌써 뿔뿔이 흩어져버렸나
제철이 아니라 문을 닫고 불을 꺼버렸나

오늘도 함부로 마신 술
손가락을 집어넣어 저 안쪽의
또아리 튼 불만과 욕망을 끄집어낸다
그까짓 흐리멍덩한 졸때기 별 하나
토해내지 못하고
발끝에 차여 어둠 속으로 나가떨어져도
어느 누구도 마음 쓰지 않는
빈 물병처럼 쪼그려 앉아
물먹은 하루를 게워내고 게워낸다

툴툴거리는 인생

표주박이든 조롱박이든 무얼 담아야 할 운명이라면
그래, 담으면 뭔가 꽉 찬 느낌이 오겠지
표주박만 하게 조롱박만 하게

그런데 이놈은 노상 툴툴거린다
무얼 채워달라는 것인지
무얼 비워달라는 것인지
이놈은 시도 때도 없이
입 속의 것을 다 토해내고 싶다는 건지
배가 고프다는 건지
아냐? 그런 건 아니라고?
그런데도 왜 자발없이 노상 툴툴거리셔?

툴툴툴 솜틀집 낡은 기계 밤낮으로 돌아가면
부드러운 핫귀 한 멍석은 깔아놓으련만
툴툴거리는 이것이 한데 뭉치면
등짐이나 되는 게 아닌지 모르지?
저것 보아, 등짐 한 짐 지고 가는 사람 있네
무슨 등짐이든 가벼운 건 없겠지
그래, 저 사람 슬픔 한 짐 지고 가고 있네

길 저쪽 끝까지 걸어가다 문득 뒤돌아보는,

밥풀떼기 점점이 박혀 있는 얼굴이 온통
깨강정 같은 얼굴로 변할 때까지 툴툴거려라
탈탈 털고 마지막 먼 길 떠날 때까지
그때에는 입에 재갈 물리지 않아도
반창고로 입주둥이 틀어막지 않아도
더는 툴툴거리지 못할 테니
그래, 툴툴 툴툴거려라 열심으로 열심히

조이고 조지고 쥐어박히는 네 인생에
기름을 쳐라
더 이상 기계가 녹슬기 전에
툴툴툴 툴툴툴 기름을 쳐라
열심히 열심으로,
제기랄!

진달래 꽃잎을 술잔에 띄워 마시며

설움의 사나이 김수영을 읽으며 두 번 울 뻔한 적이 있지. ……야경꾼과 20원 때문에 10원 때문에 1원 때문에 우습지 않으냐 1원 때문에 싸우고, 모래야 나는 얼마큼 작으냐 바람아 먼지야 풀아 정말 얼마큼 작으냐고 탄식할 때, 어느 날의 일기에서, 내달부터 신문사 일을 보게 되었다고 시인이 말하자, 무엇으로 들어가냐고 어머니가 물어올 때, 번역도 하구, 머어 별것 다아 하지요, 내가 못하는 일이 있나요! 하고 대답하고 곧바로 참패의 극치다라고 적어놓았을 때, 삐쭉 눈물 한 방울 비치며 콧마루가 시큰해왔지.

언젠가부터 '백납결사(百衲結社)'라고 작당한 누더기 넷이 산에 올랐네. 며칠 전 황사 속에 산불이 나 시커멓게 그을은 잣나무들 안쓰러워 외면하고 끄떡끄떡 산길 올라갔네. 한때는 카지노 대부 소리 들으며 떵떵거리며 산 이 노인네. 말년에 부도로 왕창 빚더미 올라 영광 대신 영락의 생을 마감한 이답게 허술하게 무덤 써서 봉분 여기저기 함몰되고 뗏장 벗겨져나가 땜방질로 구색은 맞춰야 하는데 우리가 그 일을 맡았겠다.

서로치기로 흙 열댓 삽 파 넣어주면 앞뒤로 들것 들고 나르는 일도 힘에 부쳐 허리가휘청휘청 팔다리가 후들후들. 얼치기 먹물들 먹을 것 제대로 못 먹고 먹물만 튕기다 아무짝에도 쓸모없는 먹통 인간이 되었구나. 열 번 나르고 담배 한 대 피우며 앞산만 바라보았네. 아직 계곡 사타구니에 흰 거웃 꼼짝없이 뭉쳐 있고, 뻐꾸기놈도 인색해라. 한 번 뻐꾹 두 번 뻐꾹 뻐꾹 그만 영 넘어가네.

싸들고 간 도시락 뜨는 둥 마는 둥 버려놓고 산비알에 앉아 가평잣막걸리 마시는데 아아, 아기진달래 수줍게 거기 섰어라. 터럭 하나로 세상을 살려는가, '일모(一毛)'를 아호로 쓰는 친구가 여린 진달래 꽃잎 한 장씩 따서 우리 술잔에 띄워주네. 나머지 우리는 어찌할 것인가. 덕담이랍시고 잔 부딪치며 이구동성으로 "자네도 아직 청춘이구려" 하고 서로 축하해주었네. 열 번쯤, 비릿한 진달래 꽃잎 씹어 삼키며, 스무 번쯤 축하해주었네.

진달래야 어린 진달래야 우리는 얼마나 작으냐
네 꽃잎보다 네 암수술보다 싹수 노란
우리는 어정잡이 반치기냐 건깡깡이냐
우리는 얼마나 누추하냐 정말
우리는 누덕누덕 언제까지 누더기이냐

무등 하늘

구름 깊은 골에는 쏘내기 들어 있고
미친 동풍 가락에는 천둥 숨어 있나니

자갈밭, 까시래기 검불, 쬐그만 시냇물 한 줄기,
저녁연기 오르는 마을 느티나무 거기

걸린 끊어진 연 보고 서 있는 소년 같은 얼굴이
그 소년을 올려다보고 서 있는 소녀 같은 얼굴이

잔잔히 내비치며 깔리어오는 하늘이여
물고기 비늘같이 서로 엉겨붙어
한데 빛나는 종소리의 하늘이여

부활

마른 시내 돌자갈 위로 소나기 한나절 퍼붓자
오오, 거기 유유히 헤엄치는 피라미 피라미 피라미

우리가 죽어 무덤에 들어도 뱀의 허물 같은 길을 따라
소나기 끝의 피라미 같은 말간 핏줄 하나 비쳐오리니
죽고 또 죽어도 그 핏줄 하나 새롭게 걸어오리니

낮은 구릉 위로 한쪽 어깨를 내려놓는 저 구름의 평온처럼
환하게 붉은 얼굴처럼
너를 꼭 빼닮은 그 핏줄 하나 아장아장 걸어오리니

은하수

은하수야, 은하수야
한여름 우리 누이 배부른 우리 누이
복대처럼 반도의 하늘 칭칭 감아서
흰자위 부릅뜬 채 흐르는 바보강아

앉은뱅이 별 안짱다리 별 벙어리 귀머거리 별
비럭질에 비역질하러 가는 별 오줌싸개 별 소금쟁이 별
두루 섞어서
북쪽 직녀 너 오너라 남쪽 견우 너 나오너라

네 입성 우리 입성 훌훌 벗어버리고
알몸으로 공중에 떠 있나니
은하수야, 은하수야
상여도 없이 만장도 없이 오늘 밤도
눈 감은 채 흐르는 천치강아

첫눈에

첫눈에 혹해서

첫눈에 홀딱 반하여

첫눈에 몸과 맘 다 빼앗겨

첫눈에 넋을 잃으니

첫눈에 슬픔뿐이다

숨은 사랑

사무친 마음의 잔가지를 쳐내고 쳐내고
마지막 남은 한 가지를 굵은 삼베올로 칭칭 엮어 보냅니다

풀어서 당신의 나무에 접붙여주십시오
먼 훗날에 조용히 뜰에 나가보겠습니다
덧나지 않은 푸른 잎사귀 하나 나부낀다면
당신의 사랑이라고 생각하겠습니다

띄어쓰기에 맞게 쓴 시

서로가 이만큼씩 떨어져 살아
이 세상이라고 띄어 쓰는가
그런 것들이 비로소 한데 모여
저세상이라고 붙여 쓰는가

더는 춥지 말자고
더는 외롭지 말자고
더는 헤어지지 말자고

별 하나가 내려다본다

멀리 지구라는 별을 오늘 밤
별 하나가 내려다본다
일찍 몸 사루고 하늘에 올라
아직 다 꺼지지 않은 불로
반짝이는 별 하나가
조그만 나라의 산동네
후미진 골목 작은 방에서
모처럼 한데 모인 식구가
물방울 소리로 도란거리다
이윽고 잠든 얼굴 하나씩 굽어보다
그들의 숨소리가 한 뼘씩 하늘로 뻗어오르자
별 하나가 두 손 내밀어 그걸 받아 안아
뺨에 대고 오래오래 문지른다
제 몸이 하얗게 쉴 때까지
잠 못 이루는 별 하나가

모과 한 알

빗속에 교회에 갔다
용서를 빌었으나 잘 안 된 것 같고
나도 아무도 용서하지 않았다
부러 먼 길로 돌아가는 길
비를 막기에는 우산이 점점 작아지는구나
주택가 골목길 한 발 앞서가던 할머니
길바닥에 찰싹 몸 붙인 나뭇잎들 사이에서
모과 한 알을 주워든다
"뭘 믿는 게 있어 혼자 떨어진 게야, 응?
무슨 마음으로 너 혼자서 떨어져 있는 게야"
혼잣말로 중얼거리며 품에 안고 조심스레 걸어간다
나도 저런 모과는 아니었는지
저런 바보 모과로 살고 싶지나 않았는지
발소리 죽이며 뒤따르다 문득,
누구 하나쯤은 용서해보리라 생각한다

한밤중에 우는 아기에게

아가야,
너는 오늘도 한밤중에 우는구나
옆집의 옆집인지 건너 뛰어 복도 끝집인지
네가 울어 잠이 깬 건지 모르지만
이 아저씨에게 하나도 미안할 것 없다
아저씨는 언젠가부터 하룻밤에 서너 번씩
눈이 떠지는 게 습관이 되었단다

오랜 고통으로 몸부림치는 엄마 몸을 찢고
이 세상에 나온 지 얼마 안 되는 아가야
눈 아직 제대로 뜰 줄 모르는 강아지야
낮잠을 많이 자 잠이 오지 않아 그런 걸까
어디가 아파 우는 걸까
네가 지금 우는 것이 자연스럽게 커가는 과정이므로
별 뾰족한 처방이 없다는 의사의 소견대로
네가 지금 울고 있다면 다행이겠구나

아가야,
네가 우는 소리를 들으며 이런 생각을 하는 아저씨에게
붉은 핏덩이 두고 웬 잠꼬대, 끌끌 혀를 차는 이도 있겠지만
네가 태어난 이 나라가 희망이 있다는구나
빈곤에 신음하고 끊임없이 이웃나라에 시달리고

약소민족이라고 설움받던
비바람 잘 날 없이 잇따라 무엇이 터지고 터지던
아저씨가 살아온 이 나라
그리고 장차 네가 살아갈 이 나라가
네가 성년이 되는 때쯤에는 이곳 아시아에서
제일 힘이 센 나라가 된다는구나
그뿐이 아니란다 서양의 이름 높은 어떤 사람은
네가 지금의 아저씨 나이를 먹을 즈음에는
지구상에서 다섯 손가락 안에 드는 강대국이 되어
세계의 중심에 우뚝 선다는구나
머리 좋고 교육열 높고 부지런한 국민성 때문이란다

아가야,
아저씨는 솔직히 이런 말들이 실감이 안 난다
이렇게 강한 나라가 된다는 게
남들이 부러워할 국민으로 산다는 게
자랑스럽기보다 왠지 두려움이 앞서는구나
우리는 너무나 많이 속고 속이며 살아왔단다
그래서 미처 남을 사랑하는 법을 배우지 못했단다
친절하지도 아량을 베푸는 법도 익히지 못했단다
남을 돕는 데 너무 인색하다고 비판을 받아온 우리들이
우리보다 못살고 힘이 약한 나라들을 위해

무엇을 어떻게 해줄 수 있는지
알량한 동정을 빌미로 그들을 깔보고 업신여기지나 않을는지

아가야, 한밤중에 우는 아가야
엄마는 지금 젖이 모자라 쩔쩔매는 것이 아니냐
우유병을 물지 않으려고 네가 도리질하는 바람에
정신이 하나도 없는 게 아니냐
고단한 아빠는 누가 떠메가도 모르게 곯아떨어져 있고

아가야, 그러나 너무 오래 아프게 울지는 말아라
순둥이 소리 들으라고 하는 소리가 아니다
앞으로 아무리 놀랄 만한 신세계가 와도
아저씨는 너에게 그런 날이 오지 않았으면 하고 바라지만
아무래도 기뻐 울 일보다 슬퍼 울 때가 많을 것이므로
그때마다 울 울음은 남겨두어야 하므로

아가야,
내일 다시 한밤중에 이 아저씨와 함께 깨어
힘차게 우는 울음 속에 또 하루를 커갈 아이야
세상 속으로 한 발짝 더 걸어들어갈 아이야
잘 자렴, 예쁜 꿈 꾸고

천국에서 보낸 한철

아무도 없는 방에 혼자
누워 있었다
하마 잠자리 놀러 왔을까
매미가 울었을까
연이어 들려오는 천둥소리에는
나도 모르게 둥글게
몸이 웅크러졌다

무엇인가 하나씩 돋아나
꼼지락거리는 것이 좋았다
물장구치는 것이 좋았다
그때마다 그 소리 들으려고
가만히 귀를 대는 기척이 느껴졌다
커다란 손바닥의 온기도 전해져왔다

그곳을 떠나면서 처음으로
울음을 터뜨렸다
그렇게 어느 여인의 품에서
떨어져나왔다

더 이상 아무 말도 하고 싶지 않다

연고지

어머니와 일용노동자
누이와
최전방 수자리 서다 휴가 나온
시퍼런 청춘 하나와
단 세 식구가 살았다

추석 무렵
가출한 막냇누이 기다리며
어머니 돌아누워 우시고
큰누이는 새벽같이 일하러 나가고

숨도 크게 쉬지 못하고
말없이
사글세방 문지방 넘어가는
짐승 한 마리

실없는 해바라기만 하나 기웃대고
밤이면 지겹도록 들려오는
푸닥거리 소리에 귀를 막고
하얗게 피를 말리며 그 가을
단 세 식구만 살았다

비

용산역 광장 무료 급식 버스 앞으로 길게 이어진 줄이
차츰 줄어들며
우산들이 모인다
맨머리도 있다
땅에 식판을 내려놓고 더러는 손에 쥔 채
쪼그려 밥을 먹는다
빗줄기가 굵어지며 염치없이
우산 속으로 쳐들어가는 놈이 있다
눈으로 뛰어들어가는 놈이 있다
한술 더 떠 얼굴을 타고 흘러내리다가
굴러떨어져
수저 위 밥알을 아작아작 적셔주는 놈이 있다
너무 짜게 먹으면 몸에 해롭다고
국에 풍덩 빠져
휘휘 휘저어 간 맞춰주는 놈도 있다

뫼르소

한 사람은 서울에서 총에 맞아 죽고
한 사람은 부산에서 칼에 찔려 죽임을 당했다
똑같이 필요한 만큼 피를 흘렸다
신문은 천연덕스럽게 이 사건을 보도했고
텔레비전 뉴스는 호들갑스럽게 방영했다
다음날 공기는 변하지 않았고
두 사람이 마실 매연만 잠시 줄었다가 원상복귀되었다
범인은 잡히지 않았으나 죽인 사람이나
죽은 사람이나 경찰을 조금 괴롭힐 뿐이었다
가족들을 성가시게 할 뿐이었다
전국 인구 센서스는 아직 멀었고
죽은 두 사람은 곧 땅속에 묻히든지
강물 위에 뿌려질 것이다
범인들은 머지않아 잡힐 수도 있지만
안 잡힐 수도 있다 그러나 잡히면 감옥에 갈 것이고
처형될 것이다

내일은 내일의 태양이 뜨고

변사체로 발견되다

네 옷은 네 마지막 밤을 덮어주지 않았다
구름을 갓 벗어난 달이 몇 번 갸우뚱거리며 네 얼굴을 비추고 지나갔다
고양이가 네 허리를 타고 넘어가다 미끄러지며 낮게 비명을 질렀다
가까운 공중전화부스에서는 쉬지 않고 뚜뚜뚜 신호음 소리가 들려왔다
새벽 종소리는 날카롭게 반쯤 열린 네 입술 속으로 파고들었다
환경미화원의 긴 빗자루는 웬 마대자루가 이리 딱딱하냐고 툭툭 두들겨대었다

동대문야구장 공중전화부스 옆 쓰레기 더미 속
파리 떼와 쥐들에게 얼굴과 손의 살점 뜯어먹히며 보름 동안
그는 그들과 함께 살았다 죽었다

젖무덤

젖과 꿀이 흐르는 향기로운 젖가슴 그 땅을 버리면서
어머니는 더욱 강해지셨다

코를 박고 아귀아귀 젖과 꿀을 탐하던 그곳을 떠나면서
나는 점점 황폐해졌다

오늘, 무너져내린 어머니의 젖무덤을 보며
나는 끝끝내 고향에 돌아갈 수 없는 설움에 잠긴다

꽃들

간밤에 그렇게 파랗게 치를 떨다가

붉은 신음으로 끙끙 앓다가

끝간 데 없이 캄캄한 미로를 헤매다가

식은땀 흘리며 백지장 같은 얼굴로 쓰러졌다가

새벽이면 보란 듯이 일어나

푸르고 붉고 검고 하얀 꽃들을 피워올리는 것들이여

나는 겨우 똥을 싸러 화장실에 가는데

죽자 사자 온몸으로 향기를 뿜어내는 것들이여

1984

그대가 빼어든 칼이 어찌 저 무심한
장풍을 당할 수 있으리오
마을의 개울 물소리 그대가 닿기 전
이미 개구리 울음을 잠재워놓고
검은 숲의 고요론 침묵
어찌 가랑잎새라도 흔들 수 있으리오
그대 피 흘리고 찾아든 삼십육계
마을 산 위론 새댁 같은 달
그대 괴춤 안의 뜨거운 숨결
안개로 안개로 휘감아버린 후
풀벌레 소리 낫을 갈아
그대 발등에 올라타 아프게 웃는 것을
어찌 차마 떨쳐낼 수 있으리오
깨뜨릴 수 있는 건 오직 빼어든
그대 칼이오만
산산이 가슴 찢고 만 장풍의 힘!
젖은 몸을 가누고 마지막 꺼내든 그대 축지법
오늘 밤은 또 어디까지 지쳐갈 수 있으리오
성난 발톱 앞세운 비호 한 마리
조용히 그대 그림자 따르나니

쥐가 난다

요놈 봐라, 하
요놈이
요 쥐새끼 같은 놈이
내 살 속에
뼈 속에 들어와
안하무인으로
파렴치한으로
나를 깨무는구나
하, 요놈 봐, 요오놈!
쥐난 세월에
뿔따구난 시절에
찍소리 못하고
뿔 한번 들이받지 못하고 산 나를
죽은 듯이 엎드려 산 나를
깨무는구나!
요 쥐새끼 같은 요오놈! 하고
꽉꽉 깨무는구나
깨우치게 하는구나

꽃잎 등 뒤에 쓰다

나는 무슨 귀신 씌어서
슬픔의 고리짝만 엮어왔는가
거친 베옷 한 벌 지으려고 끙끙거렸는가
시대의 첨단의 유행의 촌철살인의
아귀다툼 한번 벌이지 못하고
열등생이 되었는가 무지렁이가 되었는가

덜떨어진 열매 하나 열매 맺지 못하고
향기에 취해 꽃에 꽃잎에 취해
입맞춘 적 있었던가
꽃밭 망가뜨린 발자국 향해
눈 부릅뜬 적 있었던가

꽃잎이여
아프게 가시 돋은 네 등 뒤에 쓴다
아무도 몰래 아무도 몰랐던
내 죄목을
깨알 글씨로 또박또박

오월을 건너가는 나비에게

쉴 참이었는지 쉬가 마려웠는지
꽃다지 꽃판 위에 편히쉬어 하고 있던
노란 저고리 한 장
갑자기 눈앞에서 솟아올라
깨금발로 뛰어갔다
어디로부터 오는 길이냐고
물어보지 못했다
이곳을 지나 어디로 가느냐고
다리품 팔며 팔며 구만리장천
새참이나 넉넉히 있느냐고
오월을 건너가면 무엇이 오느냐고
무슨 기별이 기다리느냐고
물어보지 못했다
가뭇없이 사라지는 날갯짓을 좇으며
올해도 마음속으로
허공에 까만 점 하나만 찍었다

그렇게 헐벗은 사랑 노래

고로코롬 이몽룡이는 한양으로 떠나고
심청이는 인당수 속 용궁으로 이끌려 가고
남은 월매와 향단이와 방자와 심학규와 뺑덕어멈은
어떻게든 밥 끓여먹고
남원 고을 햇볕 속을 바장이다가
큰칼 쓰고 옥에 갇힌 춘향이 생각에
오금이란 오금은 다 오그라들었을 것이다
애간장 우려낸 검은 눈물로
눈먼 바다를 하염없이 적셨을 것이다
펄럭이는 치맛자락 움켜쥐고 애꿎은 코를
팽, 하는 시늉쯤은 냈을 것이다

그렇게 떠날 사람은 떠나고
남을 사람은 남아서
그래도 님이라고 웬수라고
몹쓸 인간이라고 부르고 싶은
더는 부르고 싶지 않은
하마 꿈에 나타날까 두려운
기다려지는 이 화상을
술지게미 쌈지에 둥글게 오자미로 싸
공기놀이하듯 갖고 놀다가
툇마루 아래로 삽짝 너머로

훌쩍 던져버리고
돌아앉아 발 동동거리다가
엎드려 어깨 들썩이며 까악까악
까마귀 소리도 냈을 것이다
달 밝은 밤이면 고샅길 짚어가다
제 그림자에 제가 놀라 해파리처럼
기신기신 기진도 했을 것이다
그렇게 애면글면 한세상 살았을 것이다

—차마 열리지 않는 입술 사이로
나 나직히 그대 이름 부르고 있나니……

망극

말이 있어 하루가 열리고
물이 있어 하루가 흐르네
말길 물길 내기 위해
말을 넣고 물을 붓고
오늘을 여네 오늘이 열리네
말길 열어 너에게로 가고
물길 열려 나에게로 오네
말길 물길 어우러져
무동 태우고 곱사춤 추고
사랑한다 사랑한다 이 한마디 말
흐르는 저 물 위에 놓을 제
어느 꽃잎인들 낯 붉히지 않으랴
두 손으로 얼굴 가리지 않으랴
때로 말길에 차여 시퍼런 멍이 들고
물길에 치여 오금이 서슬 퍼래도
굽이굽이 천 길 벼랑 아래로
만 길 폭포로 쏟아져내려도
다시 만나 흐르지 않으랴
짝지어 뺨 부비며 흘러가지 않으랴
내일을 트기 위해 말길 다소곳해지고
내일 또 잇기 위해 물길 잦아드네
다 못다 한 말길 물길

꿈길에 길 내어주고

하루를 닫네 하루가 닫히네

청어가 있는 저녁

저도 이제 나이를 먹었는가 보다
젊었을 땐 손에 무얼 들고 다니는 걸
그렇게도 싫어하더니만
웬일로 검은 비닐봉지를 들고 왔네
쏟아놓고 보니 토막 낸 청어가 들어있네
저 애가 이것이 무슨 물고긴 줄 알고 사왔을까
너나없이 살림이 어려운 이웃들 밥상에도
자주 오른 걸 보면
그때는 이 비린 것이 그래도 흔한 생선이었던가 봐
그러나 바닷물도 세월을 타
눈 씻고 찾아봐도 잘 보이지 않던 이것들이
이제 다시 살아 돌아왔단 말인가
잔가시가 많아 새끼들에게 그걸 발라주느라
내 차지가 있었던가 생각도 안 나는데
무슨 맛이었는지 새삼 기억이 되살아나줄까
처자식은 어따 훌쩍 떼놓고 와
나하고 겸상하는 걸 마뜩찮아 하는 녀석
저는 저 아래 앉은뱅이책상에 앉아 먹고
나는 식탁에서 지진 청어를 먹는데
눈이 어두워 가시가 어디에 박혀 있는지
그때만큼이나 성가시도록 많은지 적은지
헤아리기 앞서

우선 살점 한 점 입에 넣어 오물거리는데
그 맛을 알 수가 없네
어느새 이 다 빠져 씹을 수가 없네

부곡의 봄날 용법

그래도 낡은 전세 아파트 양지바른 곳에서는 눈곱 낀 어미개가 새끼들에게 젖을 물리고 있고나

어제 아침엔 까치가 까작까작 오늘 해거름엔 뻐꾹뻐꾹 뻐꾸기 우는 소리 들렸고나

어머니 친정 가셨단다 시악시 적 삼단머리 어느새 한 줌 백발 되어 그 머리 이고 몇 번 더는 못 볼 흰 구름 아래 가셨단다

아내는 소식 없고 자식놈들 문자 한 자 안 날리고 벗님네들 오금팽이 바람 든 벗님네들

우리 깨벗고 멱감던 하북에 가 둥둥 떠내려오던 똥덩이나 찾아볼까 어둠 속에서 껌 땍땍 오징어 질겅질겅 똥갈보 누이들 살던 부대철길이나 방문해볼까

잠깐 존 사이 웬 집달관인가 몸뚱이 여기저기 붙여놓고 간 딱지 떼어 후 불어주니 노랑나비가 팔랑팔랑 날아가는고나

그나마 낼 아침 일찍 상경할 일 생겨 이 호주머니 저 빼다지 뒤져 거마비 챙기는 부지런한 손이 있어 부끄럽지만은 않고나

UFO를 위한 시

마지막 곡마단 동춘서커스
접시돌리기 곡예사의
한 개 접시라도 되었던들
저 떠돌이 비행은 없을 것을
쏜살같이 나타나 살같이 사라지는
소동을 부리지 않아도 좋을 것을
삼시 세끼 밥 잘 얻어먹고
재주껏 재주를 부리며 살아갈 것을
하루 일과를 마치면 피곤한 몸을 침상에 누이고
아무에게도 들키지 않고
훨훨 하늘을 나는 꿈을 꿀 수 있을 것을
다음날이면 또 어김없이
곡예사의 긴 막대 끝에 올라앉아
정신없이 춤을 출 수 있을 것을
곡마단이 망하지 않는다면
네가 방심만 하지 않는다면
잘 길들여진 접시가 되어
천천히 천천히 늙어갈 것을
비록 몸은 지상에 꽁꽁 묶여 있어도

하류

눈곱자기도 부스럼딱지도 흘러간다
욕사발도 싸움바가지도 흘러간다
꺽지와 동자개와 곱사등이 잉어는 물너울을 차면서
철딱서니 개망나니는 물장구를 치면서
느리게도 빠르게도 흘러내려간다
저 건너 허황한 불빛에 눈 한번 깜빡 않고
무어라 씨부렁거리는 소리에 귀 한번 주지 않고
서로 앞서거니 뒤서거니 밀고 당겨주며
사팔뜨기도 쑥대머리도 새침데기도
모두들 한통속이 되어 흘러내려간다
서슬 푸른 바다 그물 아랑곳않고
덥석덥석 그 품에 안기는 꿈을 꾸며 줄기차게 떠내려온다

너는 돌이 아니다

바위도 못 된 것이
모래도 못 되는 것이
저렇게 오도카니
가부좌하고 앉아
온종일 먼산바라기
차츰 어두워올 때
행여 저가 내민
부리에 걸려
먼 데서 오시는 임이
넘어질까 봐
피 흘릴까 봐
어둠 속에 가만히
실눈 뜨고
제 살을 꼬집고 또
꼬집으며 깨어 있다
제 너설을 깎고 있다
가슴속에 아픈
무늬를 새기고 있다

미나리꽝

미나리꽝은 더럽다
오물과 폐수의 움막 같다
진흙 속에서 연꽃이 핀다지만
미나리꽝에는 미나리만 자란다
미나리꽝 바람은 그냥 스쳐 지나간다
병신 같은 미나리꽝 작은 흰 꽃을 피워내어도
누구도 거기 꽃이 피었다고 생각하지 않는다
그래서 벌 나비도 찾아오지 않을 것 같다
아무런 향기도 없을 것 같다

미나리꽝의 미나리는 속절없이 큰다
무더기로 팔려가기 위하여
푸른 인당수가 아닌
저 저잣거리의 주지육림의
홍가화택의
펄펄 끓는 열탕 속으로 빠져들기 위하여
검붉은 피를 가진 뭇 짐승들에게 먹히기 위하여
미나리, 비나리도 못하고 숨을 끊는 미나리

—더러운 목숨밭
미나리꽝에서는 오늘도 씩씩하게 미나리가 자란다
싯푸른 피가 깨끗하게 솟아오른다

파리목숨

제 날개를 부러뜨리려고 저렇게 바람이
불어오는 줄도 모르고
저를 낚아채기 위해 왕거미가
견고한 집을 짓고
왕방울눈 뜬 채 저를 기다리는 줄도 모르고
파리채를 꼬나쥔 손이 저를 단숨에
때려잡기 위해
호시탐탐 기회를 엿보는 줄도 모르고
이 바보 멍텅구리는 앞발로 슬쩍
얼굴 한번 쓰다듬고
손발을 싹싹 비비면서 살려달라고
제발 목숨만 살려주십사고 애원을 하면서
파르르 떠는 날갯짓으로 파르스름한
목숨 하나 부지하기 위해
풍전등화 속에서
화등잔만 한 눈을 뜨고
경계를 늦추지 않는 것을 저들은 모르고
머리끝에서 발끝까지 팽팽한 긴장으로
온몸을 바르르 떠는 것을
도무지 저것들은 알 턱이 없고

단출 씨의 행복한 인생

고아로 태어나
고아로 살다 죽었다
겨우 마흔을 넘긴 나이
연고자가 없으므로
행려병자로 판정받았다
해부용 뭇 시신들을 위한
위령미사가 끝난 후
첫 인체해부학 실습실의
의대생들 칼날 아래 눕혀졌다
아무도 모르게 봉인된 인생
눈부신 조명 아래 알몸으로
자기를 들여다보는 수많은 사람들의
섬세한 애무를 받으며
아무런 고통도 없이
처음으로 고아란 것을 잊은 채
이 세상을 떠났다

벽

밤낮없이 은밀하게 초대받은
손님만 받는
빙고호텔 객실의 한 방에 놓여 있는
쇠의자 때문에
벽은 하루도 몸이 성할 날이 없었다
시도 때도 없이 날아오는 폭력을 피해
쇠의자와 함께 제 가슴팍으로 넘어오는
손님을 받아안느라
벽은 그 쇠의자 등받이 테두리에
제 살이 깎여나가는 줄도 몰랐다
폭력이 숨을 고르러 간 사이
피곤한 벽이 잠깐 눈을 붙인 순간
생살 떨어져나간 그 아픈 자리에
누군가 검정 볼펜으로
썼다
—주여 저들을 용서하소서

죽기 얼마 전에 박정만 형이
이 글을 읽으며 울었다고
엉엉 울면서 말했다

펍박

오랜만에 먼지의 방에 들어가다

책 더미 헤쳐 색 바랜 책 한 권 꺼내 펼쳐보니

거기 납작하게 벌레 한 마리 죽어 있다

세월의 손톱에 눌려 죽은 것 같지 않고

책의 칼날 앞에 순교한 것 같지는 않고

빠져나갈 구멍을 찾지 못해 발버둥치다 죽었구나

감옥 같은 세상의 무게에 견디다 못해 자진하여 죽었구나

내가 얄팍한 지식 한 줄 얻으려고 붉게 밑줄 쳐놓은 바로 그 아래에서

익사

얼마나 많은 슬픔이 있었길래
몸뚱이 하나로 온 강물을 적시게 하였느냐
얼마나 깊은 괴로움이 있었길래
온 강물이 합심하여 몸뚱이 하나 눈부신 햇살 아래 뉘어놨느냐

부도밭 매미

장좌불와(長坐不臥)라도 그렇지
죽어서까지 편히 눕지 못하고
언제까지나 앉아 있을라나
저렇듯 꼿꼿이 서 있을라나

공동묘지에는 눈물이 많아
서로 시린 어깨 겯고
다랑이울음집 다닥다닥
산으로 산으로 올라가는데

한번쯤 짐짓 모로 쓰러지고 싶지 않았을라나
나비도 가볍게 솟구쳐 넘을
키 작은 목책 두른 저들은
두 줄 줄 맞춰 하안거에라도 들었을라나
벽도 없이 면벽에 취해 있을라나
태허(太虛)의 웰빙 공기 공양식으로 마시고 있을라나

발치에 거느렸던 민들레 민들레 떼 간 곳 없는
그늘보시 떠맡은 가죽나무에서
자지러지게 우는 매미
묵언 대신 오랜 오열수행법 잦아들면
저도 갈데없이 사라져버릴 목숨

오늘 하루 발 뻗고 눕고 싶지만
저렇게 수직으로 붙어 있는 것은
저도 장좌불와를 연습하려는 것일라나
한 면목이라도 세워보려는 것일라나

저도 그 자리에 부도 한 채 남기려고?

꽃잎

이마 위에 핀 꽃은
못 보고
바람에 흩날리는
꽃잎의 향기는
못 맡고

어느 날
발밑에 떨어져
한데 어우러진
꽃잎을 본다

어렵게 다투며
한사코 피었으리
누가 기다렸나
누구를 향해
자기를 열었나
(누구를 위해 자기를 버렸나)

그 꽃잎 밟고
한 번 더 짓이겨
밟으며
걸어간다

소리 없이

한 시대는 가고—

지금 이 잔은

새벽의 말간 공기와 한 방울
깨끗한 피로 닦아낸
이 투명한 유리의 잔 거기
어른거리는 얼굴도 이제는
내 얼굴은 아니라네

살기 위하여 잔을 들었다네
죽을 수만은 없기 때문에
아니지 살고 싶지 않아도
죽음이 꼬리를 치며
싸움을 걸어올 때를 기다려
그 싸움을 이겨내는 것을
내 안타까워하며
달콤한 이 잔을 마셨다네

잔은 뜨거울수록 넘쳐나지는 않았다네
나는 차가워오는 밤 속에 숨어
내 이 잔에 온갖 욕설이며 저주며
증오까지를 섞어보았지만
잔은 항시 그만큼의 무게로
스스로를 지키며 앉아 있었다네

하늘 아래 사는 일 부끄러운 일
사납게 땅을 딛고 별을 올려다보면
잔과 잔끼리 서로 부딪쳐
금이 가고 이가 빠지기도 하지만
모르지 아직은 내 빼앗긴 체온이며
숨결 몇 올 남아
내 이 잔 가까이 떠돌고 있는지
모르지

그러나 지금 이 잔은 침묵하고 있다네
영악하고도 사악한 이 고배의 잔은

어떤 행진 앞에서

아따, 살판났구먼!
시방 눈알 어지럽게 빙글빙글 지나가는 저것들이
동냥바가지 하나씩 꿰차고
동네방네로 와르르르 저잣거리로 우르르르
떼지어 몰려가던 흥보 자식들 환생한 거여 뭐여
쫄쫄 배곯는 것 서러워 뼈마디 마디마디 한이 맺혀
아예 처음부터 빵빵한 맹꽁이 배를 해갖구
꼭 그렇게까지 유세를 떨어야만 직성이 풀리는지
오장육부가 뒤틀리든 말든 쥐어짜지든 말든
게걸스럽게 죽이나 밥을 처넣고 그걸 되새김질하며
그 죽통 밥통 돌리고 돌리며 달려가는
너희 고래 뱃속에 나는, 던져준다
가난은 수치가 아니다 단지 조금 불편할 뿐, 돌려!
밥풀떼기들에게 밥이 생겨 술이 생겨
일인당 국민소득 이만 불 넘었다고 으스대는 지에미 뚜쟁이들, 돌려!
정규직 칠백만 명에 비정규직 팔백만 명 경제강국이란다, 돌려!
아나 아날로그라고 매양 깐죽대는 너 돼지털 디지털들, 돌려!
흠흠, 그러니까 선생은 결국은 좌편향인 셈인 거죠, 그죠?, 돌려!
그렇게 돌리고 돌림을 당하니까

한두 개 죽통 밥통으론 성이 안 차 폼이 안 나
적어도 홍보네 떼거지들마냥 일 개 분대는 되어 달려가
마천루를 올려라 아방궁을 지어라 타워팰리스 넘어 파워파라다이스를 세워라
그런 다음 우리네 삼간누옥을 짓든 말든 사상누각을 꾸미든 말든
너희들 식은 죽이 꼬두밥이 되기 전에
줄줄이 열심으로 죽통 밥통 흔들며 가는 현대판 죽살잇길 앞에서
나는 또, 빌어준다
어디 가 푸짐하게 똥을 싸든 설사를 내지르든
우선적으로 배불뚝이 비곗덩어리 출렁이며 가는 너희들
신나게 맘보로 트위스트로 지르박 차차차로 돌려, 돌려, 돌리고 돌려!
봄바람 앞서 먼지바람 일으키며 내달려가는 저 걸신 귀신들,
네미널 레미콘들!

위대한 꾸[句]

"만국의 노동자여, 단결하라!"
이 위대한 꾸를 만방에 선언한 자의 명성은 퇴색했지만
이 꾸만큼은 오늘에도 보란 듯이 살아 있어
때가 되면 붉은 머리띠 두르고 만장 같은 깃발 휘두르며
하나된 몸으로 요구할 것을 당당하게 요구하는데
왜 그들보다 힘없는 외로운 이들의 목소리는 잘 들리지 않는가
그가 경멸해 마지않은 "모든 인간은 형제다"라는 신념의 악영향 때문인가

"메멘토 모리—죽음을 기억하라"
이 위대한 꾸는 로마 개선장군의 바로 뒤를 따르던 노예들이
쉴 새 없이 속삭여대던 소리가 아니었던가
그러나 요즘엔 그 노예들이 개선장군을 닦달하며 끌고 가듯
죽음은 자기를 잊지 말라는 충고를 되새길 틈을 주지 않고
안 가겠다고 발버둥치는 자들 대신
골백번 죽어도 죽으면 안 될 사람일수록 앞장세워 저승으로 데려간다

"네 이웃을 네 몸같이 사랑하라"
이 위대한 꾸 앞에서 나는 언제나 몸 둘 바를 모른다
나도 아니고 내 몸, 이 몸뚱어리를 결코 사랑한 적이 없는 내가
분노와 치욕으로 짓무른 이 몸으로 어떻게 이웃을 사랑하란 말

인가

한 자루 뼈나 한 줌 재가 되기 전에 그들 눈에 띄지 않게 해주는 것이

내 이웃에게 한없는 평온과 행복을 선사하는 것이 아닌가

"타인이 곧 지옥이다"라고 일갈한 사팔뜨기 철학자의 명구를 방증시켜 주는 것이 아닌가

"그래도 삶은 지속된다"

이 위대한 꾸에는 마지못한 체념과 순응이 깔려 있지만

그런대로 어느 정도 위안과 희망을 준다

이에 힘입어 이 꾸를 패러디하고 싶은 욕망을 느낀다

"그러므로 삶은 지루하다"

촌티가 물씬 풍기는 단순 소박한 이 꾸 속에는

헐떡거리며 지루(遲漏)할 뿐인 삶을 단 한 번

벅찬 사정으로 끝장낼 수 없는가라는 열망과 초조함이 들어 있다

그렇지 않은가, 완전 뻔뻔 지리멸렬 삶아!

한 줌 주먹으로

한 줌 주먹 안에서 사랑도 맹세도 키웠다
분노도 좌절도 배웠다
한 줌 주먹으로 허공도 때리고 탁자도 무너뜨리고
술잔도 박살을 냈다
한 줌 주먹으로 이제는 무엇을 할 것인가
텅 빈 가슴을 칠 것인가 아직도 웃고 있는
얼굴을 향해 바람이라도 가를 것인가
군데군데 검버섯 핀 한 줌 주먹을 으스러지게
껴안아도 불꽃이 일지 않는 밤
그만 주먹을 펴볼 것인가
사정없이 뻗어나간 운명선 따라
흘러가버린 강물
거기에 물수제비라도 띄워볼 것인가
애꿎은 벌 나비라도 목졸라 죽여볼 것인가
내리칠 바위라도 오오 바위새끼의 새끼라도 있다면!
한 줌 주먹으로 다시 한 번
꺼지지 않은 한숨이라도 품어볼 것인가
금지된 희망이라도 무찔러볼 것인가
한 줌도 안 되는 네 흙을 움켜쥐고
꺼이꺼이 울음이라도 깨물어볼 것인가

개미지옥

인간은 생각하고 신은 웃는다—유대 속담

땅에 작고도 가장 지혜로운 것
넷이 있나니
사반과 메뚜기와 도마뱀
이 셋에다
그들보다 앞선 첫번째로 개미
나를 치켜세우며
허약한 육신으로 땀 뻘뻘 흘리며 일하게 만든
이 미물에게
무슨 억하심정으로
어떻게 그렇게 험악한 단어를 갖다붙이게 했는지

당신, 정말!

조심하시라
언젠가는 아가리 한껏 벌려
집어삼킬지 모르니까
저 높은 곳에서
팔짱 끼고 가만 앉아 있는
베짱이
당신을

간추린 풍경

횡단보도 앞에 다정하게 서 있는 흰 버스 노란 버스
꼬리가 짧은 노란 버스 안에는 노란 꽃들이 타고 있다
꽃들은 재재바르다 짓까분다
길이가 긴 흰 버스 안에는 흰 꽃도 검은 꽃도 앉아 있지만
그 꽃들은 조용하다 몇 송이는 흐느껴 운다

신호가 바뀌고 두 버스가 나란히 출발한다
흰 버스는 길게 출렁이며 가고
노란 버스는 짧게 촐랑이며 가고
길이가 긴 버스는 꽤 오래 길게 달려가야 할 것 같고
꼬리가 짧은 버스는 짧게 가서 곧 꼬리를 내려놓을 것 같고

그리고 그 뒤를 웬 심통인지 꽥꽥 소리지르는
초록 버스가 구르며 굴려가는 봄, 아침, 양재대로,

허허, 벌판

나는 꿈도 혼자 꾼다
그러므로 내 꿈에는 색깔이 없다
오, 이 낡은 무채색
꿈속에서 나를 보는 시간이
너무 짧다

저녁에 나 혼자 서 있는 앞에는
허허, 벌판
가끔씩 보는 나무는 건강하지만
언제나 꿈속에서 나 혼자 있듯이
나무는 혼자 서 있다

혼자서 꿈을 꾸고 있는 그는
나처럼 혼자 중얼거리고
노을을 배경으로 우두커니 이켠을 보고 있다
그리고 무슨 말을 하려다 점점이 사라진다

꿈도 이제 혼자서만 꾸어야 하는 시간이
무서운가 보다

애오라지나무

"손, 머리 어깨 무릎 발 무릎 발" 선생님의 노래와 손동작에 맞춰 제대로 몸도 못 가누면서 앙증맞은 고사리 두 손을 움직여 차례로 머리 어깨 무릎 발에 갖다붙이는 유치원 아이들을 보고 있노라면, 머리에 얼른 떠오르는 건 애오라지 나무밖에 없다. 몸통과 가지와 잎새와 뿌리, 이 사대육신만으로 애오라지 한세상을 사는 나무들. 그런 그들에게 미안한 일이지만, 그 나무들 앞에서 내가 득의양양할 때가 있다. 산책길에 누가 나무 이름을 물어올 때인데, 내가 아는 나무는 고작 열 손가락 안팎이지만, 나는 아무렇지도 않게 확신에 찬 목소리로 "애오라지나무!"라고 대답한다. 상대방이 미심쩍어하는 눈치가 보이면 "학명과 원산지는 잘 모르지만"이라거나 "작은 식물도감에는 안 나오지만"이라는 꼬리말을 붙이면 고개를 갸웃거리거나 "그런 나무도 다 있어? 처음 듣네"라고 못 미더워하면서도 그냥 속아 넘어가(는 척해)준다. 애오라지 하늘의 태양에 순종하고 달빛 별빛에 감사하고 비바람에 울고 웃는, 뿌리는 일찍이 대지와 한몸이 되어 있으니 세상의 모든 나무는 사심 없는 애오라지나무이다. 애오라지 하나로 무장한 것은 나무밖에 없는 것 같다. 애오라지 그렇게 할 만한 것이 아무것도 없는 나는 나무 근처에서 그 그늘 아래에서도 살 자격이 없지만, 마음 붙일 곳 하나 없을 때 찾아가 부둥켜안고 빰 부비고 싶은 것은, 그리고 잘못되어 목을 매게 된다면 그것 역시 애오라지 애오라지나무밖에 없을 성싶다.

밑줄 한 줄

책을 읽다가 오랜만에 밑줄을 긋는다
"가난한 농가에서 태어나 그는 온갖……"
이 말을 우리가 쓰지 않게 된다면
우리가 더는 읽을 수 없는 날이 온다면
우리는 어디에서 태어날 것인가

그리고 우리는 장차 무엇이 될 것인가

의자왕의 죽음

천리 만리 밖 왕후장상의 입김 가피는커녕
개도 안 먹을 양반의 사돈의 팔촌
발뒤꿈치 때에도 못 미치는 혈통을 갖고 태어나
오직 근면 성실한 노력으로
초시 진사과에 합격해 일개 서생으로 일관했다
사초에 오를 만한 행적도
시시한 서훈대장에 잉크 묻힐 업적도 없이
오로지 열심으로 붓만을 놀리다가
어느 날부턴가 나라가 산산조각 나고
그 조각난 것들이 돈푼깨나 있는 자들에게
허섭스레기로 팔려나가는 꼴을 당하게 되었다
한술 더 떠 무너진 사직을 다시 세우고자
미관말직에게까지 사직을 권고하는 군주의 명을 받든
수하들의 눈총에 마음 졸이다가
의지할 데는 오직 의자밖에는 없어 죽도록
편애해 마지않은 의자 위에서 죽었다
삼천 송이 벚꽃이 황홀하게 낙하하는 봄날에

재위 A.D. 1974~1999

차를 마시며 브레히트 읽기

다시 어려운 시대가 왔다
둥굴레차를 마시며 브레히트를 읽는다
활자의 행간을 더듬으며 낮의 한 모임에서
깔딱깔딱 숨넘어가는 이 나라가
차라리 잘되었다고 말하는 사람들을 지켜보며
분노보다는 슬픔을 느낀 것을 떠올린다
그러나 오늘 밤 그 슬픔도 사치라는 생각에
나는 분노하지 않을 수 없다
그보다도 내일 당장 발등의 불은
자식들을 굶주리지 않게 하고
무슨 짓을 해서든지 학업을 마칠 때까지
도와주어야 한다는 것이다
그들에게도 언제 또다시
어려운 시대가 닥칠지 모르지만
그리고 열심히 배운 것들이
그때 그들에게 득이 될지 독이 될지
지금은 아무도 알 수 없지만

중생들은 죽기 살기로

피곤한 중생들이 죽은 듯이 명상에 젖어 있을 때
혹은 서서 고행을 하고 있을 때
갑자기 인도로 버스가 뛰어오르고
어느 날은 거짓말처럼 다리가 끊어지고
강으로 추락한다 수십 명이 죽고 다친다

중생들은 죽기 살기로 독한 술을 마시고
해외여행을 떠난다
정토는 이미 넘쳤어라
천국에는 이미 갈 사람이 정해졌느니라
하여 중생들은 죽기 살기로
비싼 옷을 걸치고 오페라를 보러 가고
처녀들은 서서 일하던 공장에서 나와
앉아 노래를 부르거나 누워서 돈을 번다

중생들은 죽기 살기로
프로야구에 넋을 잃고 할부로 자동차를 사서
동해안으로 떠난다
갠지스강은 너무 무거워
요단강은 너무 멀어서 가지 못하고
풍덩풍덩 동해물에 빠져 물장구만 친다

눈물이 많은 어머니는 말리는 자식들을 뿌리치고
양로원으로 가서 모로 잠을 자거나
어느 날 소풍길에 홀로 산 속으로 걸어들어간다
중생들이 여기저기 튼튼한 텐트를 치고
이상한 목소리로 죽기 살기로 금식 기도를 드릴 때
어머니는 마지막 유언을 한다
자식들의 사랑이 너무 지나쳐
나 이 세상 행복하게 살다 가노라고

성문 안 우물가

나에게는 어머니가 살아 계시고
아내가 있고 한창 자라나는 아이들이 있다
아침이면 서둘러 밥을 먹고
어머니만 혼자 남겨두고
제각기 뿔뿔이 흩어져간다
나는 이 식구들이 조금씩 나눠 담아준
따뜻한 물 한 통을 어깨에 메고
사막을 건너간다
목이 마르면 목을 축이고
열받고 화딱지 튀어오를 때 천천히
물 한잔 따라 마시며 마음을 식히라는
이들의 마음을 나는 안다
어느덧 보잘것없는 날이 저물고
먼 지평선 밖으로 낙타들이 길게
길 떠날 채비를 할 때면
나는 물 한 방울 남김없이 비워낸
물통을 들고
성문 안 우물가로 간다
거기 줄 꽁무니에 매달려 선다
서로 먼저 물을 받아가려고
새치기를 하고 몸싸움을 하고
물통 서너 개를 한꺼번에 내려놓고

시침을 떼기도 한다
줄은 좀처럼 줄어들지 않고
우물은 언제나처럼 쉽게 바닥이 드러나
나는 오늘도 그만 그들을 벗어나
터벅터벅 온 길을 되돌아간다
허나 언젠가는 출렁이는 물통 짊어지고
돌아갈 날이 있을 것 같아
성문 안 우물가
내일도 모레도 찾아가 물통 하나 놓고
기다려보기로 한다

하늘은 저쪽

오늘 나는 비번이다
아내와 번차례로 파수를 서는 곳
끌탕을 치며 허탕을 치며
밤과 낮을 살아야 하는 곳
그곳에서 나는 오늘 해방되었다
바람아 구름아 나하고 놀자
너희는 맨날 비번이니 오늘도 비번 아니냐
그러니 내 비번 동안만이라도 나하고 놀자
바람아 구름아 너희가 흘러가는 거기 어디
가서는 돌아오지 않아도 좋으니 너희는 좋겠다
바람아 구름아 너희가 손짓해 부르는 하늘은 저쪽
내가 파수 보는 곳에서는 보이지 않는단다
아무도 거기 하늘이 있다고 일러주지 않는단다
아무래도 내가 함부로 갈 수 있는 곳이 아니란다
집도 문도 비번이란 선심조차 필요 없는 곳
그러니 오늘 하루만이라도 거기 가서
바람아 구름아 나하고 놀자

비무장도시

아 나는 살고 싶다, 이
도시를 전복시키려는
단풍 쿠데타
낙엽 게릴라
앞에
무장해제당한 채
두 손 높이 들고
쩔쩔매며
단 이틀만이라도

조랑말 프로젝트

터키 동부 메소포타미아의 고대 도시 파르딘에는요, 옛 도시답게 골목길투성이인데요. 고지대 쓰레기를 치우기 위해 시청에서는 당나귀 공무원 50여 마리를 채용했다는데요. 양 옆구리에 주렁주렁 쓰레기 자루—한쪽 무게가 자그만치 일백 킬로그램이나 나간다는데요—를 늘어뜨리고 졸랑졸랑 좁은 골목길을 돌아 돌아 내려온다는데요. 민가에서도 이를 응용하여 우리네 마트 같은 데서 물건 주문을 받으면 당나귀에 그걸 싣고 배달을 해준다는데요. 자전거 오토바이 그런 탈것보다는 한결 운치도 있고 적재량에도 효율성이 높다고 하는데요. 어떨깝쇼. 우리도 한번 해볼깝쇼.

제주도 조랑말 있잖아요. 섬에만 가두어두지 말고 서울로 불러올려 사는 형편이 안 좋아 상대적으로 오르막길 골목길이 많은 강북 도봉 관악 은평구에 우선 서너 마리씩 할당하는데요. 지자체뿐만 아니라 곳곳이 복지예산 확대로 가뜩이나 재정이 더 열악해졌다고 아우성이니 정규직 비정규직 공무원은 아예 꿈도 못 꾸고 별정직도 어려우니, 소속은 구청 주민생활지원과나 노인복지과로 하되 요즘 유행하는 그 인턴 제도라는 걸 도입해 시험 운용해 보자는 것인데요. 기력이 쇠하였거나 몸이 불편한 독거노인과 장애인들을 위해 사회복지사들과 함께 도시락 배달을 해준다거나 명절 때나 김장철에는 쌀 포대나 김치를 실어 나른다든가, 찾아보면 쓸모가 한둘이 아니겠는데요.

그 밖의 일은 조랑말 혼자 하게 한다고요? 서울 교통이 얼마나 어지럽고 사나운데, 제주도 거기서도 한갓진 곳에서만 살던 녀석이 어떻게 혼자서 그것을 도맡아 할 수 있겠어요. 그럴 때마다 조랑말 고삐 잡는 길라잡이는 누가 알맞을깝쇼. 어쩌다 구청이나 주민센터에라도 가보면 빈둥빈둥하는 공무원이 심심찮게 눈에 띄는데도 노상 일손이 부족하다는 그들에게 전적으로 이 일을 맡길 순 없고요, 구내 유휴 인력, 정년퇴직자들이든가 자원봉사자들을 활용해보는 것도 한 방법이 되겠는데요. 방학 때는 학생들 봉사활동의 하나로 선택해 시행해보고요.

그리고 이건 제 사견인데요. 일주일 중 하루는 대 구민 유대 증진 차원에서 조랑말을 그들에게 송두리째 돌려주자는 것인데요. 구청 앞 광장에 조랑말을 풀어놓아 구민 누구라도 조랑말을 사용할 수 있게 하는 것인데요. 꼬마애를 태우고 거리를 걷는다든가 나이드신 어머니를 앉히고 공원을 두서너 바퀴 돌게 한다든가, 아무튼 조랑말이 감당할 수 있는 근력과 무게 한도 내에서만 가능하게 하고, 한 사람이 독점할 수 없게 시간 할당을 균등하게 하고, 바통 터치가 잘 이루어지도록 세심한 배려 또한 있어야겠는데요.

제 걱정은요, 성질 급한 이 나라 백성들이 아무래도 행동거지가 느리고 연약한 이 조랑말을 아끼고 사랑할 수 있겠느냐는 것인데요. 자기 순서를 기다리다 조금만 늦어도 삿대질을 하지 않을까 하는 염려도 있고요, 담당 공무원이 제 부서 요원인 조랑말을 제 식구처럼 잘 먹이고 재우고 어디 아픈 데는 없는지 정성스레 보살펴줄지—물론 처음에는 신경을 많이 쓰겠지만요—그것도 의문이라는 것인데요.

그리고 무엇보다 이것이 가장 중요한 문제인데요. 힘에 부치고 도를 넘는 격무에다 매연과 소음에 지쳐 제 푸른 고향 제주를 그리워하다 향수병에 걸린 조랑말들이 밤이면 남몰래 눈물을 흘린다든가 시름시름 앓아눕지나 않을까 하는 것인데요. 노파심이라면 좋겠지만 그런 개연성이 많아 방정맞은 줄 알면서도 한말씀 드리는 것인데요. 그게 사실로 판명 나면 제주도 조랑말 프로젝트가 한순간에 물거품이 되어버리는 것이 불을 보듯 뻔히 보여 하는 말인데요. 말 같지 않은 말이 씨가 되지 않았으면 정말 좋겠는데요. 세상일이란 게 하나도 만만한 게 없으니 근심 걱정되어 결국 이렇게 또 한마디 덧붙이고 말았는데요. 아무튼 그래도 그러니까 제주도 조랑말을 어떻게든 조심조심……

한로(寒露)

해질녘 양재천
한 발 괴어 무연히
대모산 바라고 섰는
백로 한 마리
한 폭 그림 같은
이 소슬한 풍경 앞에서
나는 왜 그가
물속에 담근 가는 발
발가락 힘 한껏 그러모아
방금 잡은 먹잇감 놓치지 않으려고
안절부절못한다고 생각하는가
애써 딴청을 부리느라
온몸이 하얗게 경직되어간다고 생각하는가

나, 나나니벌은

내 딴따라도 이만 내려놓으련다
녹슨 장물아비도
거간꾼에 흘레꾼도
옴니암니 산바꾼도
사돈에 팔촌에 쑥덕꾼도

숙주 나으리는 저기에
간살보살 걸신보살 음탕보살은 저어기에
괘씸죄에 무고죄에 보쌈을 지어도
호랑이도 안 물어갈 나이도 한참 지났는데
내 아등바등도 앙앙불락도
이제 그만 내려놓으련다
호패 차버리고 마패는 하늘 한가운데 내던지고
구멍난 담요 한 자락 깔고 앉아 신수패 떼다
짝 안 맞는 화투짝 되는 대로 흩뜨려놓고

모두가 잠든 밤에 살며시 거적문 열고
모가지 길게 뽑아 옛사람 흉내내어
별아, 내 가슴에!
별자리 공부나 하련다
일등별은 저쪽으로 쭉정이별은 이쪽으로
별자리 엎어지면 다시 뒤집어놓고

흘러가면 그냥 내버려두고

오동지 치운 바람 속
불화살 맞은 듯 화상 입은 듯
꼬리별 하나 길게 꼬리 끌며 떨어내리면
별아, 내 가슴팍에!
별무덤이나 한 기 지어주련다
그리하여 더는 내 고립무원도 사고무친도
서러워하지 않으련다 슬퍼하지 않으련다
새봄이 와도 사생결단이든 무엇이든
그런 안간힘도 안달도 하지 않으련다
가만 내려놓으련다
나, 나나니벌은

이 회삼물 반죽으로

저 하늘 높이 위치한 해 달 별
사이좋은 형제처럼 끌고 끌어주며
서로 비추어주며
멋진 화음으로 천상의 음악을 연주한다네
밤이나 낮이나 추우나 더우나 우리를 찾아온다네
편견 없는 이들 트리오의 의리 하나는
절대 신뢰할 만하다네

그 아래 꼼지락거리는 것들 우리 어린것들
일찍부터 국 영 수를 입에 올리고 산다네
요즘에는 순서가 바뀌었지만
이 세 마리 토끼를 잡으려고 토끼 새끼들은
눈만 뜨면 눈알이 시뻘겋게
부모들에게 사정없이 토끼몰이를 당한다네
그 트라이앵글에 목을 매게 한다네

친구 딸 혼배성사를 보러 성당에 갔지
미사포 쓴 여인들 신부의 선창에 따라
성부 성자 성령의 이름으로를 연창하더군
이 견고한 삼위일체의 이름으로
성호를 긋고 또 긋곤 하더군
그렇게 주님께 오직 살아 계신 주님을 향해

변함없는 사랑을 보내고 있었다네

새벽마다 잉크 냄새 풍기는 신문을 들고
곧장 화장실에 간다네
변기에 걸터앉아 그것을 펼치자마자 쏟아지는
정치 경제 사회
이 막강한 트로이카가 세상을 굴려간다네
우리는 이들 반죽으로 만든 밥 먹고 우려낸 물 마시고
그들 불한당의 거리로 사냥개처럼 달려간다네

그들의 하수인인 망나니가 칼을 휘두르는 거리
거기 강철 솟대마다 내걸린 올가미에
모가지 드리우고 컥컥 숨이 막힌 채
치고받고 할퀴고 물어뜯으며
그들 회삼물로 만든 단지 속 한 줌 가루로
마지막 잠들 때까지
오늘도 죽기 살기로 가위 바위 보를 한다네

이용악*

또다시 일자리를 잃고
어떻게 어떻게도 할 수 없어
고개 꺾어 길거리를 헤매다가
성북천 하류 버들방천에 와 선다
줄지어 선 버드나무에 아직
연둣빛 오르지 않아
썩은 개울창에나마 낯빛 한번 비춰보지 못하고
휘익 지나가는 꽃샘바람에
으스스 까스라한 머리털 옹송거리는 것 싫어
발길 돌려 다시 길거리를 헤맨다
이윽고 해 떨어지고 더는 갈 곳 없어 종로통에
코 빠뜨리고 있을 때
함께 일하던 직장 동무 날 알아보고
반갑게 손 이끌어
생선 굽는 연기 자욱한 골목 찾아들어
꼼장어 안주에 소주 시켜 마신다
묵묵히 술잔을 주고받다가
서로 부끄럽다고 언성을 높이다가
내일을 향해 고개를 젓다가
술집 나와 어깨동무하고 노래 부르다 헤어지고
밤늦게 자취방 문을 열면
하나밖에 없는 아들이 걱정되어 올라와

따순 밥 지어놓고 기다리다 지쳐
윗목에서 온몸 오므리고 주무시는 어머니

다음날 아침
내처 내려가시는 어머니 배웅하러
텅 빈 버스정류장에 우리 모자
말없이 서 있을 때
저쪽 헐벗은 가로수 아래에서
물끄러미 이쪽을 지켜보고 있다 아버지

* 李庸岳(1914~1971): 시인. 시집으로 『분수령』, 『낡은 집』, 『오랑캐꽃』, 『이용악집』 등이 있다.

백일홍

세월이 너를 간택했느냐
네가 시대에 수청 들었느냐

저 주상꽃 저하꽃
저 정일품 종구품 나으리꽃
저 홑껍데기 문무백관꽃
(花無十日紅)
낙조 앞에 무릎 꿇었나니

그 종자들의 종말 시절에
너는 살아서
백일 단식 고행 그거참!
혼자 피 올려 피 올라
단벌 홍의적삼
물색없이 사위어

이 폐허에
이 폐허에
너 혼자 살아남아
욕된 사직 앞에
조용히
네 목 떨구겠느냐

기꺼이 참수의 형 허락하겠느냐

그거참!

연두가 새로 와도

이사 온 마을 등 뒤에 봉산(烽山)이 있어
그 이름에 걸맞게 봉산정도 있어
그리고 그 앞에 또 봉수대(烽燧臺)도 있어
물론 복원한 것이지만
셋은 많고 하나는 외로울까 봐
의좋은 오누이처럼 세워놓은 두 개의 봉수대
여기저기에서 다투어 연두가 새로 돋아오는 날
이른 저녁 먹고 불쏘시개감으로
묵은 신문지 한 움큼 들고 산에 올랐어
마른 삭정이 눈에 띄는 대로 주워 모아
누이 쪽 봉수대 아궁이에 함께 넣고 불을 붙였어
타라, 타라, 타올라라!
눈앞의 북한산 안산 인왕산도
저멀리 남산 청계산에서도
회신 하나 없었어
한양 도성의 불빛이 너무 밝아서인지
연기 한줄기 오르는 것 눈치 못 채었어
흰옷 좋아하던 사람들
문 꼭꼭 잠그고 커튼 치고
아직도 정감록이나 읽고 있는지
색맹이 되어 있었어
구들장 베고 누워

모두가 벙어리 냉가슴이 되어 있었어

제비

연길 사시는 최홍수 선생
이곳 연변인민출판사 편집인으로 있으면서 간혹
남조선 출판사 번역 일도 하신다
초면인 우리 일행 이끌고 야시장에서 저녁을 사주셨다
고맙다고 술 한잔 대접하겠다고 선생 앞세워
밤 깊은 거리 걸어 문 닫힌 술집 문 두드렸다
휴가 나간 복무원 급히 수소문해 불렀다
멀리 하얼빈에서 왔다는 김홍 연길 토박이인 최란
앳된 김홍은 잘 웃고 춤을 잘 추고
최란은 노래 솜씨가 빼어났다
칠갑산도 애모도 사랑의 미로도 가수 뺨치게 불렀다
술 너무 권해 밉살스러웠지만

　푸른 하늘 헤쳐가며 고향이 변했다고
　지지배배 노래하며 제비가 돌아왔다네
　물어보자 제비야 어찌하여 돌아왔느냐
　고향의 진달래가 보고 싶어 돌아왔다네

이곳에서 인기 최고라는 〈제비가 돌아왔다네〉를 부를 땐
가슴 한구석이 찌르르 했다
캄캄칠흑 복도 더듬어 소피보고 오는 날 기다렸다
귀 잡아 이끌더니 귀에 대고 속삭였다

날 좀 불러주시라요 서울로 초청해주시라요
꼭 좀 한번 만나주시라요
백두산 다녀와 늦게 신흥거리 약속 장소에 갔더니 없었다
다음날 연길 떠나는 날
점심 마치고 나오다가 시장바닥에서 마주쳤다
목간 갔다 오는지 옆구리에 세숫대야 낀 최란
잘 가시라요 인연 있으면 또 만나갔디요
밝은 대낮이라 그리 보였을까
넘실대는 조선족 사이로 긴 머리칼 나붓대며
스적스적 사라져가는 늙은 제비 한 마리

깨꽃이 피었다고?

제 안태 묻은 여우골인지
제 그림자 밟고 섰다 주저앉은 곳인지
낙향해 사는 동무
제법 긴 주소 달고 부쳐온 엽서 한 귀퉁이에
사족처럼 깨꽃이 피었다고 적어놓았다

그게 어떤 꽃이냐
붉은 꽃이냐 푸른 꽃이냐
얼씨구 흰 꽃이냐 절씨구 검정 꽃이냐
어절씨구 깨알 꽃이냐

깨알처럼 저나 나나 자나 깨나 우리 옹기종기
온갖 난리통에도 북새통에도 앙버티어
용케 모가지 안 비틀어지고
팔다리 안 부러지고 무르팍 깨지지 않았지만
어느 날 몰아친 모진 광풍에
우수수 우리 깨알 머리 산산이 부서지고 말았으니
한뎃잠으로 몸뚱이 웅크리고 말았으니

깨꽃이 피었다는 너의 소식은 무슨 조화냐
저 먼 낯선
내 지도 안에는 없는 그곳에

무더기 무더기로 무너져내린
우리 깨알 목숨이 다시 피어나고 있다니
얼어죽을 세월 품앗이하며 깨꽃 향기
바람에 날린다니

오늘 이 무슨 기적이란 말이냐!
기적 같은 기적이란 말이냐!

일곱 살

벌거숭이 꼬마의 붕알을 향해
집게발을 벌리고 있는
이중섭의 게 그림
거기까지다
세상 물정 모르는 고추가 풋고추가
천둥벌거숭이로 활개 치는 일
거기서부터다
애먼 잠지가 세상과 낯가림하는
싸우는 맛을 알기 시작하는
미운 일곱 살이 온다
그로부터 멀지 않다
잠지가 깨를 껴입고 자지가 되는 날 또한

유방을 기리는 노래

오 봉우리여 불끈 솟은 두 봉우리여
해와 달이 그보다 높고 밝으랴
하늘과 바다가 그보다 깊고 넓으랴
움켜쥐노라 깨무노라 마시노라
알몸인 너를 알몸으로 눈부시게 일어선 너를
오오 봉우리여 너는 항상 우리를 이끄나니
태초로부터 너희 봉우리는
숨탄것들의 새끼들을 위하여 샘물을 베푸나니
말을 익히기 전에 글을 깨치기 앞서
우리가 처음 본 것은 맛본 것은
너희로부터 비롯되었나니
오 봉우리여 산이여
싱싱한 산봉우리 노적가리여
끝끝내 우리를 살리는 순 알짜 쌀뒤주여
알파 오메가 살뜨물이여
주검조차 입맛 다시며 소생케 하는
생명이여
오오 어머니여 모오든 어머니의 어머니여

그대 해공(蟹公)의 무리를 뒤로하고

괴발개발 그려놓은 저 저녁 구름이 이쁘다
밴댕이회를 상추에 쑥갓에 싸서 입이 찢어져라 밀어넣으며
찬 참이슬 소주잔에 찰랑찰랑 먼 파도 한 자락 띄워 마셨으니
그대와 나의 발그레한 얼굴 이쁘다
등대바위라지만 등대는 없고 등대가 없으니 오가는 배가 없고
오가는 배가 없으니 발아래 길게 펼쳐진 갯벌밖에 없어
물때 맞춰 그대 해공의 무리들 영락없이 바쁘구나 바빠
우리도 해낙낙 갈지자 걸음으로 한통속이 되어볼까
만신창이 진흙이불 둘러쓰고 한바탕 장구채나 휘둘러볼까
너희 게 같은 것들 게새끼들 올데갈데없이 오락가락 삐치며
한사코 발목 빠지지 않으려고 기 쓰는 꼬락서니
그것 보고 있으니 이쁘다 구멍이나 구렁이나 구렁텅이나
그런 것들은 그것 한가지로 어디에나 있는 것
바다가 너희를 부르는 시간에 맞춰 우리를 밀어내는 것
그것 또한 이쁘다 이뻐 내남없이 바다 밖으로
떠밀려가며 그대와 나 저무는 노을 바라보노라니
오늘 하루 너희 발톱으로 쌍울타리 치고 "개새끼들!" 욕하지
않아 이쁘다
덤으로 밴댕이 소가지 부리지 않아 더 이쁘다
이뻐 그대 해공의 무리를 뒤로하고
우리도 우리의 뻘밭을 향해 깊숙이 한 발 들었다 내려놓는 것
그것 또한 이쁘다

'너희는 발이 많아 서럽겠지만 우리는 발이 적어 발발거리며 산단다'

그렇게 중얼거리는 것 또한 이쁘고 이쁘다

이름 모를 것들

방금 옷깃을 스치고 지나갔는데
망막 한쪽에 환하게 불이 들어오면서
어디서 많이 본 얼굴 같은 기라
낯이 익은 기라
그래 돌아서서 "야!" 하고 불렀더니
스쳐 지나간 사람들이 죄 돌아보는 기라
거기 이름 모를 것들이 한꺼번에
날 쳐다보는데

뜨악한 얼굴
화난 얼굴
슬픈 얼굴
그냥 무표정한 얼굴—

부끄럽기보담
사람 얼굴이 죄 보이는 기라
살아 있는 사람 얼굴들이
단순하게 '야'라고 이름 붙인 것들이

참말로 세상은 이래서 한번 환하고

하루의 끝

밤은 깊고 전철은 오지 않는다
벽에 기대어 흐린 눈을 감았다 뜬다
속절없이 흘러가버린 하루여
너는 어디쯤 서서 남은 시간을 기다리는가
말 못 할 하루를 나는 살았다
피치 못할 사정 때문에 괴로워하지 않았으나
꽃잎 한 장 펴보지 못하고 입다물고 마는구나
갑자기 맑은 웃음소리 들렸다
남자애 둘과 여자애 하나
내 앞에서 수화로 부지런히 말을 주고받는다
오 즐거운 일이 있었을까 황홀한 사건이 벌어졌을까
그렇게 기쁜 표정을 본 적이 없다
반쯤 뜬 눈 조금 더 열고 보니
선로 건너편의 청년도 이쪽을 향해
두 손으로 신나게 웃으며 마구 말을 건네온다
그토록 기쁨에 넘치는 얼굴들이 열심히
하루의 끝을 들어올리는 것을 본 적이 없다

무릎걸음으로

배가 고파 그런 것 같진 않은데
그날이 왜 갑자기 떠오르는지 모르겠어요
제 돌날 말이에요
그날 저는 남색 조끼에 마고자를 입었나요
막내고모가 만들어준 예쁜 고깔모자라도 썼나요
저를 위해 마련한 돌상에는
백설기에 수수경단 쌀이나 국수가 차려져 있었나요
그리고 또 실타래 연필 공책 자 돈 같은 것들이 놓여 있었나요
이것들을 앞에 놓고 할아버지 할머니 엄마 아빠가 나란히 앉아 계셨나요
먹고 마시며 즐거운 시간이 이어지고
이윽고 돌잡이 차례가 와 제가 돌상 앞으로 가야 할 때
거기 돌상까지 제가 어떻게 갔나요
뿔뿔뿔 기어갔나요 아장아장 걸어갔나요
나중에 커서 들은 것처럼 그 중간쯤인
시적시적 무릎걸음으로 갔나요 그랬나요
그날 제가 무엇을 집었나요
연필을 만지작거리다가 돈을 만지작거리다가
실타래를 집어들자 아빠가 쯧쯧 혀를 찼나요
엄마는 대견한 듯 제 등을 토닥토닥 두드려주었나요
지켜보던 사람들이 모두 와 하고 웃음을 터뜨렸나요
그 자리에 저와 맞춤한 계집애 한둘은 있지 않았나요

제 꼬막손으로 그애 얼굴을 쓰다듬었나요

손톱으로 할퀴어 자지러지게 울게 했나요

그날 그 자리에 있던 이모 삼촌 고모부 숙모 사촌 들

뭐가 그리 급한지 저를 스치며 앞으로 뒤로 정신없이 갑니다

바삐 오느라 미처 선물을 준비하지 못했다며

플라스틱 소쿠리에 동전 한 닢 떨구고 가는 저 사람은

저와 촌수가 어떻게 되나요

그날 이후 까맣게 잊어버렸던 그 많은 것들 중에서

이것 하나만은 살아남아

땅에서 올라오는 뜨거운 불길 헤치며

오가는 사람 물결 헤치며 나아가게 합니다

한번 더 그날 잘 차린 돌상 앞으로 앞으로

기쁨도 슬픔도 아무것도 모르던

그때 그 무릎걸음으로 나아가게 합니다

울어라 기타야 기타줄아

감색 줄무늬 양복에 붉은 행커치프 꽂고
백구두에 단장 짚으며 저 신사양반 어델 가시나
연분홍 치마저고리에 핸드백 찰랑찰랑
흰 손수건으론 이마 콕콕 찍으며
욜랑욜랑 걸어오는 저 여인네는 또 어딜 가시나
헤매도는 발걸음이 오늘도 헤매다 맞닥뜨린
청계천변 무너져가는 삼일아파트 뒷골목
저녁 어스름이면 소리 없이 고양이 떼 출몰하는 곳
수상한 인삼찻집이 줄지어 검은 유리창 안에서 숨쉬던 곳
벽마다 벌어진 틈새로 쇳가루 냄새 풍기는 건물들이
옛 벼룩시장의 영락을 일러주는 이 골목
어디선가 들려오는 기타 소리 있어 눈을 들어보니
—꽃마차 콜라텍
바야흐로 출발 서두르는 꽃마차를 타기 위해
헤엄쳐오는 저 젊은 오빠 누이 들을 보아라
저들을 맞으려고 버선발로 뛰어나오며 우는 기타야 기타줄아
모닥불 가까이 너는 울었다
노천극장 뙤약볕 아래에서 너는 울었다
노을진 텅 빈 바닷가 모래밭 위에서 너는 울었다
네 울음에 우리는 목이 터져라 노래를 불렀다
저 어둑충충한 층계를 밟고 올라가면 그때처럼 너를 만날까
꽃마차 속 은은한 오색 등불 아래 젖어드는 선율

초례청 앞인 듯 다소곳이 다가가 품에 안고
한 발짝씩 조심스레 밟아나가는 나이 든 낯선 연인들
맞춤으로 빙그르르 돌리고 나붓나붓 미끄러지며 돌아나갈 때
이제는 헐벗어 아무데서나 함부로 울지 않는
기타야 울어주렴
구파도 신파도 최신파도 너는 몰라도 좋다
좌파도 우파도 중도파도 너는 헤아리지 않아도 좋다
너는 다만 울어 소리를 만들고
그 소리는 꽃도 되고 나비도 되고 산도 강도 되고
사랑도 눈물도 되는 것을
달려나가는 꽃마차 꽃처럼 피어나는 추억을 위해
마음껏 너를 연주해주렴
머잖아 또 너를 찾아올 우리 애비 에미 들을 위해
삼백예순 아니 석 달 열흘 아니 단 열흘만이라도
신명 다해 붉은 울음 울어주렴 울어나주렴 기타야 기타줄아

중얼거리는 천사들

낯익었던 만큼 낯선 서울에 와 볼일 끝내고 나니
갈 곳도 전화할 데도 마땅찮아
언젠가 보았던 청계천의 오리가 생각나 그곳을 찾아갔다
물은 그때보다 더 탁해져 있었고
앞서거니 뒤서거니 소풍하던 오리 일가는
딴 곳으로 이사를 갔는지 보이지 않았다
오간수문을 지날 때였다
값비싼 등산복 차림의 잘생긴 청년이
행인들과 나란히 걸으며 앞지르며 뒤로 빠지며 뛰쳐나가며
계속 혼잣말을 하는 것이었다
검지로 하늘을 찌르며 무슨 소리를 내는가 하면
연인에게 하듯 나직이 속삭이기도 하는 것이었다
주위를 둘러보았으나 그와 동행하는 사람은 아무도 없었다

그끄저께는 도서관 앞뜰의 등나무 거푸집 아래에서
모노드라마 배우처럼 손짓 섞어 긴 대사를 읊는 남자를 보았고
오후 느지막이 장에 다녀오는 길에
어물전 앞에 앉아 한사코 입을 열지 않으려는 생선들과
정겹게 대화를 나누는 아낙을 보았고
길가에서 담배 낀 손가락과 턱을 번갈아 파출소를 가리키며
새빨간 입술을 연신 달싹거리는 여자를 보았다
어제 CT촬영 결과 보러 아주대병원 가던 길

전철 안 옆자리의 신사는 귀에 스마트폰을 붙들어맨 채
웃고 얼굴을 찡그리고 혀를 차고 벌컥 화를 내고는 하였다
신사에게 어울리지 않는 행동 같았지만
나는 그가 손주에게 구연동화라도 들려주는 줄 알고
나도 모르게 귀를 기울여 내용을 훔쳐보려 했지만
모스 부호처럼 외계인의 암호처럼
한마디도 해독이 되지 않았다

저들은 선녀와 나무꾼은 아니었을까
바보 온달과 평강 공주는 아니었을까
갑돌이와 갑순이는 아니었을까
그들 사이에 생긴 자식 그 자식들의 자식은 아니었을까
오래전에 집 나간 아버지의 아버지는 아니었을까
그 아버지의 시앗은 아니었을까 움딸은 아니었을까
비명 한번 마음껏 지르지 못하고
슬기롭게 울부짖는 법도 터득하지 못하고
조상의 조상의 조상의 못난 조상의
무엇이든 안으로 안으로만 삭이며
웅얼웅얼 되새김하는 재주만 익힌
그런 기술만 갈고닦으며 살아온 것은 아니었을까

개똥이와 쇠똥이와 막둥이와 언년이와 서운네와 딸고만이도

다 사라져버린 삐질이들 속에서
날개 없이도 펄럭이며 나부끼는 옷자락이 없어도
눈치 보지 않고 어디 한군데 얽매이지 않고
말과 몸의 가녀린 춤만으로 천상과 지상을 자유롭게 오르내리는
이 천사들을 오늘 만나는 일은
얼마나 안타까운 일인가
지린내 구린내 방귀 냄새 퐁퐁 풍기는 뺀질이들의 거리에서
내일 또다시 마주칠 수 있다는 것은
얼마나 얼마나 가슴 아픈 일인가

알불

종로구 숭인동 동묘 앞
벼룩시장 벼룩들 툭툭 탁탁
전을 접을 때
술내 풍기며 게슴츠레한 눈으로
게걸음 치며
오르내리는 사내들의 거리 한켠에
신방에 든 듯
초록 저고리 다홍치마로 앉아 있었습니다
신문지 위에는
당귀 황기 홍삼 우황청심환 무좀약 따위가
가지런히 놓여 있었습니다
오도카니 앞만 바라보고 있는 여인의
귀밑머리가 한 올 한 올 풀어지고 있었습니다
사내들의 눈초리에 저고리 고름도 사르르
흘러내리는 것도 모른 채
붉은 노을이 알불을 켠 그 자리만 홀로 환했습니다
아 조선족 조선족

성남 살 때

갓 제대하여
이불 한 채 덜렁 짊어지고
가난한 친구의 신혼 살림에 껴붙어서
마음씨 고운 새댁이 조석으로 끓여주는 밥 먹으며
할머니 혼자 사는 집 방 한 칸 빌려 잠을 청하던
성남 살 때
연탄가스는 왜 그리도 무시로 쳐들어오는지
"학상, 아즉 살았수?"
그게 주인할머니의 다정한 새벽 문안 인사였을 때

한번은 된통 싸우고 헤어진 애인이
주소만 달랑 들고 찾아나섰다가 파김치 되어 나타나
골짜기도 이리 험한 골짜기는 처음이라며 징징거리던
성남에서 살 때
빈방에서 빈둥거리는 휴일이면 친구의 꾐에 넘어가
가까운 모란장 나가 막걸리 마시며
사람 냄새에 킁킁거리며 팔도 사투리에 취하던 때

밤이 깊어갈수록 골짜기 바위는 시퍼런 너설을 세워
찔러, 날 찔러오고
앞이 보이지 않아 혼자 부글부글 소가지 부리면
눈 하나 깜빡하지 않고 내 소가지하고

눈싸움하자고 맞서던
그 완강한 밤마다 끓는 피 허리 꺾어 잠재우고
꼼짝 않고 누워 있다가
때로 이마 들어 보면 달동네 별동네 불빛이
진간장처럼 가슴팍으로 흘러들던 곳

성남 살 때
570번 버스 차장의 악다구니 소리와 싸우며
손잡이에 두 손 묶고 노예처럼 짓이기며
머나먼 서울로 호구 위해 대장정 떠나던

인간의 빛

물과 피와 몇 밀리그램의 철분
살과 뼈와 몇 시시의 정액 그리고
무모한 털

틀림없는 짐승이다, 씩씩거리고
분노로 이글거리고 팬티에 똥오줌을 지리고
암컷과 수컷들은 죽자 사자 사랑하고
미워하고 애를 낳고
한낮에는 제대로 눈에 띄는 것이 없는
이것들이

오늘 늦은 밤 깜빡 잊고 혼자
낯선 골목길 들어섰을 때
머리털 쭈뼛 서고 오소소 소름 돋아
어둠천지 걸어갈 때
저어기 빛 하나가 걸어온다 인기척에 앞서
희미한 발소리에 앞서
전기를 발산하는 물고기처럼
헤엄쳐오는 저 인간 인광(燐光)!

아, 인간은 몇 칸델라의 빛을 갖고 있는가
아직은 다 꺼지지 않았는가

왜 나는 그 불빛 한 점에 목말라하였는가
여태도 깜짝 놀라 몸서리치는가

단체 사진

아직 벚꽃 환한 저녁 무렵
한떼거리 사람들이 한데 모여 서 있다
정장에 노타이에 점퍼 차림에
각도는 조금씩 다르지만
눈은 한군데로 향해 있다
웃고 있는지 입술 깨물고 있는지
표정들은 복잡한 것 같지만 의외로
쉽게 느껴지는 녀석도 있다
고개 삐딱하고
(이 녀석은 평소 제법 의젓했었다)
목이 긴 사슴도 있고
마음속에 벌써 ×표 친 놈도 있다
섬광처럼 이름 빠져나간 놈도 있고
제 명보다 먼저 성호를 그은 녀석도 있다
밥풀처럼 박힌 주걱 얼굴 가스나들
아파트 평수만큼 몸피가 늘었구나
웬일로 불쑥 고개 쳐든 이마빼기 옆에
눈치채지 못하게 눈 내리깔아
보이지 않는 얼굴 하나
이놈아가 대체 누구였더라
서로 팔 벌려 안아보지 못하고
무더기로 무너리 세월 함께 살아온

이 어릿광대의 무리 속에서
혼자 너는 부끄러운가 차마
정면으로 너는 바로 볼 수 없는가
고사목같이 한떼거리 사람들이 서 있는
그 주위로 연분홍 꽃잎 두서너 송이
보일 듯 말 듯 지고 있는
사월 어느 하루 무덥던 저녁 무렵

염소 울음소리는 왜 검은가

본디 네 울음소리가 그런 소리가 아니었는지 모른다
가없는 풀밭 위에 방목된 너는
입을 하 벌리고 하아 하아
오만방자하게 푸른 하늘을 마셨을 것이다
터져나오는 초록 웃음을 하아 하아 울었을 것이다

그런 너희 울음소리가 길게 꺾여나가게 된 것은
검은색을 띠게 된 것은
네 외양이 검어서만이 그런 것이 아니었을 것이다
여기저기에 말뚝이 세워지고
거기에 고삐가 물리고
열 발짝 스무 발짝 안에서만 살게 되었기 때문일 것이다

매에 매에 검은 울음을 우는 너를 보며
누런 울음을 우는 사람들을 떠올린다
그들 피부가 황갈색이라 그런 것만은 아닐 것이다
다람쥐 쳇바퀴 돌리는 생활에 얽매이면서
그 안에서 나를 굴리고 굴리는 데
온 힘을 쏟기 때문일 것이다
거기서 튕겨져 나와 나락으로 굴러떨어지는
두려움을 잊기 위해
나를 받아줄 풀밭 한 평 없는 박토 위

하늘만 한 그물에 갇혀 누런 쇳조각 같은 울음을

꺼이꺼이 토해내게 되었을 것이다

해바라기

화형받은 얼굴이여
해를 애모하다 버림받은 육체여
쑥대머리 언어를 하늘에 걸어두고
키 작은 무리들 속에 부대끼며 혼자 웃자란 마음이여
노오랗게 노오랗게 불질러간 인습이여
머리의 화관을 애써 자랑하지 않음이여
오, 시커멓게 무간지옥을 닮아가는 시간이여
어느 날 단 한 번 벼락 소리에 무너질 운명이여
무너져 한 줌 재로도 썩지 않을 목숨이여
해를 향해 무덤의 자취 한번 보여주지 않을 사랑이여

수(囚)

저렇게 저렇게나 많이!
학교 안에
사무실 안에
병원 안에
공장 안에
군대 안에
(감옥 안에)
피시방 인터넷 안에
그 모오든 네모 안에
갇혀 있으니

어떻게 사람이 산다고 할 수 있지?
언제 사람처럼 살아보는 거지?
언제쯤 그 네모를 박차고 나와
마음 놓고 숨 쉬는 사람이 되어보지?

사람 좀 만나서

초겨울에서 한겨울 사이
사람 좀 만나고 싶었습니다
허나 우리는 사람들 눈을 피해 떠돌았습니다
오이도에는 두 번 그 너머 제부도에는 한 번 다녀왔습니다
강화도에는 몇 번 들어갔습니다
일직선으로 뻗은 김포가도 달리다
'공사중' 안내판이 맨살 드러난 흙 밟고 가도록
부드럽게 우리를 우회시켜주었습니다
강화대교 넘어가 천천히 숨 고르며 그곳
염통도 만져보고 허파도 쓰다듬어보았습니다
사타구니 가까울수록 까치집 평수가 넓어 보였습니다
마니산 참성단에는 오르지 못했지만
전등사에도 보문사에도 불사가 한창이었습니다
기왓장 한 장 올리는 값으로
우리는 백세주를 마셨습니다
백년 천년 살고 지고 마셨습니다

사람 좀 만나서 사람 이야기를 하고 싶었습니다

빙탄의 시

그 병원
대청마루같이 훤한 신생아실의
통유리 앞에는
화사한 옷을 입고
얼굴 가득 웃는 사람들이
둥그렇게 모여 있다
언제나처럼 육중한 철문이 굳게 닫힌
중환자실 입구는
면회 시간을 기다리는 사람들로
초조하다
잠시 후 시간이 되어
그 안에 들어갔다 나오는 사람들은
하나같이
입술을 깨물거나 흐느끼거나
왈칵, 울음을 터뜨리며 벤치에 몸을 던진다

사복(蛇福)이라는 건축가의 공들인
설계도면에 따라 지은
큰어머니가 일주일째 인공호흡기 쓰고 누워 있는
영등포구 대림동 소재 그 종합병원에는
중환자실과 신생아실이 샴쌍둥이처럼
ㄱ자로 붙어 있다

눈 부릅뜬 눈

모처럼 두 무릎 펴고 길게 누운 육신
그 육신이 차갑게 돌처럼 굳어갈 때
바야흐로 사후강직이 찾아오기 전 마지막 치르는 의식
아무래도 스르르 감겨드는 눈을 아주 감는 것이겠지
피사체 겨냥한 셔터가 찰칵 하고 제 임무 마치듯
캄캄하게 막을 내리는 것이겠지
그때 어디선가 참았던 울음소리 들릴 때
커튼콜 환호 소린 줄 잘못 알고
예의상 무대 앞으로 나가 공손히
절 한번 해야지 하며 간신히 두 눈 뜰 때
그때 눈 부릅뜬 눈이 아니었으면 좋겠어
영화 같은 데서 사람이 포원을 안고 죽어갈 때
두 눈 뜬 채로 죽어
어머니가 핍박받는 연인이 오열 속에
허공 향해 부릅뜬 그의 두 눈을 쓸어 감겨주는 장면
아직 할 일이 남아 못다 이룬 꿈이 있어
아 이것이 인간인가 반문하고 분노하고 상처받느라
그게 반나마 한이 되어 눈 못 감고 세상 뜬 그이처럼
나 죽어갈 때 눈 부릅뜬 눈이 아니었으면 좋겠어
성자처럼 알 듯 모를 듯한 미소 지으며 죽어갈 순 없겠지만
모든 것을 버리고 미련 없이 떠나는 길은 아니겠지만
눈 부릅뜬 눈으로 당신을 올려다보는 내가 아니었으면 좋겠어

그러면 내 눈 감겨줄 당신 수고는 덜어줄 테니까
무능했던 아비 잠시 잊고 꺽꺽 울지도 모를
자식들 울음도 조금은 감해줄 수 있을 테니까

마지막 모닥불

우리 마지막 마주 앉을 자리는 이런 해장국집이 제격이리
너도 오늘 같은 날은 국밥에 술 한잔 걸치고 싶을 거라
그래, 네 잔도 함께 놓고 술 따르고 쨍, 하고 잔 부딪치고
찬 술을 마신다
밤샘하며 마신 술 위에 붓는 술은 쓰지도 달지도 않고나
싱겁지도 그렇다고 무겁지도 가볍지도 않고나
그곳에 가도 이곳 술 인심만은 잊지 말라고
남은 술 마저 철철 넘치도록 채워주고, 일어선다
옛날에 냄새나는 하천부지였다가 시 주차장이 되었고
새벽이면 인력시장이 선다는 곳
지름길인 그 어두커니 길에 피어 있는 모닥불 두 무지
그 가로 한돌림으로 엮여 있는 사람들
아직은 아무데로도 팔려가지 못한 사람들
(너는 저세상에서 누가 널 사겠다고 불렀는가 그래서
군말 않고 따라가려는가)
하나같이 불을 향해 손들을 내밀고 있는 사람들
갓난애처럼 쥐엄쥐엄 주먹을 폈다 오므렸다 할 사람들
손목댕이 한 오라기 들이밀 틈이 없어
우리는 그들의 등에 등을 맞대고 돌아섰다
희끗희끗 비치는 듯하더니 어느새
비껴 날리는 싸락눈에 얼굴 내주고 등골을 말린다
그러고 보니 줄곧 누워 지낸 네 허리도 눅눅하겠구나

그나마 지닌 체온 다 빼앗겨버린 지금
이 온기 몇 점 불티처럼 불려가 네 척수 덥혔으면 좋으련만
아냐, 괜찮아? 곧 불가마 들어가 원 없이 몸 녹일 테니 걱정 말라고?
그곳에 가면 또 등 지질 따신 구들방 있을 거라고?
그래도 서로 등 비벼댈 사람 없이 너 혼자라면?
우리는 유난히 추위를 타는 그에게 건네줄 불시울 한 줌씩 아낌없이 껴입었다
발인이 시작되었는지 병원 후문 쪽에서 울음소리가
사위어가는 모닥불의 마지막 불꽃처럼 확 솟아올랐다

무야(戊夜)

입춘 전날
오래된 벗들과 함께
완화병동에 누워 있는 그대 보러간 날
이미 시간의 끄트머리를 베고 있어
많은 말들이 필요하지 않았으나
그래도 헤어질 때 술꾼답게
"가다가 술 한잔하고 가야지?"
이 말만은 빠뜨리지 않은 그대
그 말이 지상에서의 그대가 나에게 건넨
마지막 말이었네
그대는 기억하고 있을까
내가 그대 만나 처음 던졌던 말을
"조형, 우리 술 한잔할까요?"
하늘이 뻥 뚫린 듯
폭설 쏟아지고 밤새 그치지 않고
그다음다음 날 그대 눈감았다고
그대 아들딸 국운 운아 이름으로 문자 왔네
그날 이후 자주 깨는 잠을 더 자주 깨고
지금 또 어떻게 어떻게도 할 수 없는 시간
눈떠 어둠 속에 일어나 앉아 있네
손꼽을 수 있는 춘수 그 수 점점 줄어들고
그 곱던 사람 눈주름 얼마나 늘었을까

어처구니없는 세상사 얼마나 많았고
가슴속에 오롯이 남아 있는 인간사 너무 적고
어떤 살붙이보다 살갑던 그대는 보이지 않고
이제 남은 건 텅 빈 손과 열없는 가슴뿐이라
갈데없는 웃풍에 비루한 몸뚱이 더 상할까 봐
따듯하게 여며준 이불 한 자락 가만 쓸어보네
창밖은 컴컴하고 역린의 고추바람은
발굽 쳐 달려가는데
눈밭에 까마귀 서예하고 있다야
나도 주막에 가 막걸리 한잔 빨고 싶다야
그대 목소리 가평 골짜기 돌아나오는데
백주 대낮의 환한 메아리로
술잔 속 술처럼 남실남실 되돌아나오는데
언제 그 많은 날들이 아무렇지 않게 지나가고 있었는지
없는 듯 있고 있는 듯 없던
어제는 그대 사십구재였는데
어떻게 어떻게도 할 수 없어
허공 위 어디쯤에서 웃고 있는 그대 찾아보려고
봄 없는 봄하늘만 눈이 시리도록 보고 왔는데

종로유사(鐘路遺事)

여(余)가 북위 38도를 훌쩍 넘은 다목리란 곳에서 천일야를 수자리 서다 돌아와 홍인지문 밖 엎어지면 코 닿을 곳에 있는 잡지사에서 밥을 벌고 있을 때 하루는 난데없이 한 여인이 보따리를 들고 찾아왔는데, 풀어놓고 보니 제임스 볼드윈이라는 작가의 『또 하나의 나라』의 번역 원고였는데, 번역자가 어찌된 영문인지 몇 해 전에 죽은 김수영(金洙暎)인 기라. 원고지에 작은 글씨로 또박또박 세로쓰기로 된 그 원고를 매끄럽게 윤문을 해달라는 부탁이었는데, 소설 한 권 읽는 셈 치고 받아들여 처음에는 제법 의욕을 보였으나 진도가 나갈수록 자꾸만 어디선가 그가 그 큰 눈을 뜨고 "네까짓 게 감히 내 원고를!" 하는 소리가 들리는 것 같아 나중에는 맞춤법, 띄어쓰기만 신경 써 돌려줬는데, 그 후 원고가 퇴짜를 맞았는지 영 감감무소식이더라. 그리하여 일이 끝나면 먹자던 맛있는 저녁식사도, 견지동이라든가 안국동 네거리께에 있다는 출판사도, 미모의 심(沈) 아무개 입학 동기도, 그리고 「달나라의 장난」 주인공도 한순간에 또 하나의 나라 어딘가로 영영 사라져버린 기라.

길 건너 종로서적 앞, 울짱을 친 듯 도열해 있던 버스들이 하나씩 둘씩 줄을 지어 떠나며 차르륵 봄 스크린이 펼쳐지자, 거기 어디서 본 듯한 입성이 보이는 기라. 청재킷 청바지에 베레 쓰고 단장 짚은 것까지 똑같은 기라. 그끄러께 늦여름이던가, 선운사 동백여관. 밤늦게 비가 속살거리는데 복도에서 느닷없이 "야,

승해(升海)야 자냐. 일루 나와 나이팅게일이나 듣자"라는 소리가 들리는 기라. 아까 오후낮에 아래켠 동백식당에서 만난, 부친의 대학교수 정년퇴임을 맞아 가족과 함께 미국에서 일시 귀국한, 입이 쇳덩이처럼 무겁던 그의 장남을 부르는 소리에 여도 뭔지도 모를 나이팅게일을 들어보려고 귀를 쫑긋 세워 문지방 밖에 살짜기 내어놓고 기다리다 기다리다 그만 잠이 들어버리더라. 내일 아침에 같이 질마재 가보자던 그때의 그 미당(未堂), 잠시 주위를 두리번거리더니 곧 인파에 휩쓸려 네거리 쪽으로 자늑자늑 걸어가더라.

웬일로 YMCA 앞을 막 지나가고 있는데 어깨 구부정히 안짱다리 걸음으로 앞서 걷는 이 있는 기라. 조계사 옆 골목에 있는 평화당인쇄소에서 같이 필름 교정 보고 나온, 오매불망 영화감독 입봉이 꿈인 이세룡(李世龍)이 한달음에 뛰어나가 그의 어깨를 감싸안듯 돌려세우더니 살뜰히 절을 올리더라. 그는 절을 받는 둥 마는 둥 갈색 점퍼 안주머니에서 바둑판 같은 초등학교 국어공책에서 찢어낸 종이 한 장을 꺼내 내미는데, 거기에는 받아쓰기 시험이라도 치른 양 대문짝만 한 글씨가 삐뚤빼뚤 씌어 있더라. 그와 헤어지고 방금 그 사람이 누구냐고 묻자, 이 채플린 마니아는 천하의 김종삼(金宗三)을 여직 모르고 있느냐는 듯 의아한 눈빛으로 여를 바라보더라.

인사동 초입에 있는 예총회관 낮은 돌계단에 반쯤 옆으로 누운 자세로 앉아 있던 천상병(千祥炳)이 여를 보자 "아, 박(朴)형이요! 아, 박형이요!" 반색을 하며 함박웃음을 터뜨리는 기라. 그 순간부터 그는 여가 묻는 말에 매번, 한 번도 틀림없이, 꼭 두 번씩 대답을 되풀이하더라. 그 반복이 한 치도 어긋남이 없더라. 낙원동 식당에서는 안주로 소금을 엄지와 검지로 찍어 먹으며 막걸리를 마시는데, 그것도 딱 두 잔만 마시는 사이, 무슨 긴한 약속이라도 있는 듯 애 주먹만 한 손목시계는 열두 번도 더 들여다보더라. 인터뷰 사례비로 오만 원을 건네자 그는 다시 예의 그 묘한 웃음을 터뜨리며 여를 한사코 '귀천(歸天)'으로 끌고 가 아내 목순옥(睦順玉)에게 인사시키고 신나게 자랑하더라. 아내가 그 돈 저에게 맡겨 두시면 매일 맥주 두 병씩 사드리겠다고 꼬드기지만 그는 그 유혹에 넘어가지 않고 돈 자랑만 하고, 그런 내외의 끝없는 실랑이가 즐겁고 재밌더라.

또 인사동 그 언저리 얘기로, 술참때가 따로 있던가, 대낮에도 일삼아 어둑선하고 사철 지린내가 진동하는 골목길을 에돌아가면 있던 그 옴팡집. 때로 『만다라』의 김성동(金聖東)과 미구에 태어날 『혼불』의 최명희(崔明姬)가 출몰하던 그곳은 소문난 모주꾼 박정만(朴正萬)의 청석골이자 파발역참이요 소인극 무대였더라. 그는 술이 서너 순배 돌면 지그시 눈을 감고 배호의 〈누가 울어〉 〈당신〉 〈마지막 잎새〉를 감칠맛 나게 부른 후 목 한번 축이고 수없이 가슴에 삭이고 삭인 시를 여봐란 듯이 읊조리더라. "한 마장의 하늘을 떠도는 / 떠돌이의 피를 가지고 / 자네, 민들레 꽃씨 같은 얼굴을 하고 / 어디로 어디로 흘러가는가 …… 히히힛! 요것이 「풍장(風葬)」이란 시여." 그 자리 말석에 끼어 "좋네요." 추임새 넣어주는 삯으로 무람없이 사발통문으로 건네오는 술잔에 일모(一毛)와 여는 으레 대책 없이 취하더라.

기억나는 시간 순서대로 적었으나 백 퍼센트 정확한지는 자신할 수 없고, 이제는 거의가 고인이 되었고, 사라지거나 없어진 상호와 건물이 태반이라 이해에 곤란한 점이 있으나, 여가 떠꺼머리 시절에 종로 바닥에서 보고 겪은 것을 이와 같이 기록해둔다. 기축년, 중추.

도시, 개 같은

애완과 순종의 증표인
목줄로 모가지 옭아매지 않고
거기에 딸랑딸랑 방울도 매달지 않고
해진 발바닥으로 지축을 울리지도 못한 채

오늘도 걷는다마는 오늘도
미아처럼 미로를 헤맨다마는
나는 이 도시를 사랑한다네
특별시민들이 내버린 살코기 토막과 생선뼈와
몇 줌의 동냥으로 근근이 살아가지만
나는 슬프지 않다네
최신 인텔리전트 빌딩 그늘 밑에
배 깔고 엎드려 크게 하품 한번 하고
저들을 본다네

저들은 어디로인지 끌려가고 있네
목에 굵은 쇠사슬 드리우고
발목엔 무거운 차꼬를 차고
누가 견인해가는 줄도 모르고
어디로인지 이끌려가고 있네
발 부르터도 아무 말 못하고
때로 침을 질질 흘리며

오늘도 걷는다마는 오늘도
노래인지 신음인지를 흘리며
내가 지나쳐온 길을 따라
줄을 지어 가고 있네

외로우면 자기들을 물어뜯는
나를 힐끔거리며 부러워하며
줄줄이 어디로인지 오늘도
또 내일도

비 내리는 테헤란로

여기는 늙은이의 거리가 아니다
일직선으로 뻗은 왕복 십차선 대로
유구한 오천 년의 역사를 가진 나라를 비웃듯
수십 년 만에 서로 먼저 하늘에 닿으려고
마법을 부리는 고층 빌딩들이 자웅을 겨루듯
어깨싸움을 하며 입립해 있는
그 아래를 천천히 걸어가며
산책할 수 있는 중늙은이들의 장소도 아니다
무서운 속도로 질주하는 차량들의 행렬
저마다 각이 지고 날카로운 모서리를 가진 것들이
태양의 입자를 분쇄시키는 정오
고래의 아가리 아가리가 열리며 쏟아져나오는
저 매끄러운 상어들을 보라
첨단 소재의 부드러운 질감으로 만들어진 의상
그러나 구속을 싫어하는 세대답게 자유로운 복장으로
애완견의 인식표 같은 사원증을 목에 걸고
삼삼오오 오찬을 만끽하러 가는 저 젊은이들을 보라
저들은 컴퓨터와 계산기와 주가와 채권과 신용장과
각양각색의 서류와 상품과 최신 IT를 활용해
소통하고 타협하고 거래하고 파기하고 또 계약했을 것이다
때론 고함치고 때로는 속삭이며 은밀한 자본의 논리를
매뉴얼에 맞게 신속하게 처리했을 것이다

식당 앞에서 차례를 기다리며
기름진 음식을 멀리하고 칼로리와 콜레스테롤에 신경 쓰며
저들은 한낮의 미각을 즐긴다
카페를 찾아 앉거나 테이크아웃 커피를 들고 거리를 거닌다
옹기종기 모여 서서 담배를 피우며 대화를 나누기도 한다
그리고 그들은 다시 인양되는 것이다
거대한 크레인의 갈퀴손이 그들을 하나하나 집어올려
요나처럼 고래 뱃속에 집어넣는 것이다
그 거리에 지금은 비가 내린다
비가 내려도 풍경은 바뀌지 않는다
이 거리의 터주들이 잠시 사라졌을 뿐
그들을 삼킨 최신식 빌딩들은 새로 화장을 하듯
빗방울 하나 소홀히 낭비하지 않는다
어느 먼 나라 왕조의 수도 이름을 딴 이 거리를
이방인 같은 우산들이 걸어가는 거리를 따라가며
허리 굽은 두 양주가
한 우산 속에서 서로의 불편한 몸을 이끌고
찬찬히 무엇인가를 살피며 서 있다가 걸어가고
또 서서 말없이 무언가를 지켜보다가
마침내 결심한 듯 힘겹게 회전문을 밀고 들어가는 것을 본다
그들이 사라진 빌딩 처마 아래에서 가까스로 비를 피하며
무르춤히 서 있는 저축은행 입간판을 읽는다

#정기예금 금리

♣ 12개월 이상: 2.2%

♣ 18개월 이상: 2.3%

#정기적금 금리

♣ 6개월 이상: 2.70%

♣ 12개월 이상: 3.10%

이 거리는 늙은이를 아주 외면하지는 않는다
이렇게나마 그들은 늙은이들을 우대한다
비 내리는 날도 공치지 않고 피땀 어린 돈을 공손히 받아들인다

자, 이제 우리 그만 작별하세

1

해가 돌고 달이 돌고 빠르게 구름이 흐르고
손나발을 불고
저잣거리를 헤매던 발아 발가락들아
뿌리박힌 티눈들아
너희들 가까이 눈을 대고 들여다보니
남은 것은 하 회한이요 탄식이요
부끄러움뿐이오
하여 어느 날 아침 코피를 터뜨리다가
붓 잡아 두서없이 이 짧은 글을 초하려 하니
뜻있는 자 이죽대지 말 일이요
양식 있는 자 꼴불견이라고 눈 치뜨지 말지어다
그대들에게 나 지은 죄 없고
벌받을 짓 저지른 적 없으니

자, 이제 우리 그만 작별하세

2

누구냐 날 부르는 이
낡은 두개골과 좌심방 우심방 서로
누가 더 잘 두근거리냐고 닦달받는 심장과

읽는 책 페이지마다 버릇처럼 수상한 문장에 밑줄 긋고
행간 사이로 부는 바람에 침 흘리며
맹목으로 입맞췄을 뿐
어머니, 저는 괴로운 적 없어요
괴로워 몸부림친 적 없어요
몸부림쳐 길바닥에 몸 구른 적 없어요
몸 굴려 피 흘린 적 없어요
어머니, 저는 이제 한낱 눈물의 왕자
두 줄기 눈물은 너무 적을까 봐
따로 심금(心琴) 한 줄 지음받았지만
그것마저 벌써 어디서 줄이 끊겼는지
고장이 나버렸는지
어머니, 저는 이제 눈물마저 메마른
가난한 눈물의 왕자

자, 이제 우리 그만 작별하게

3
말의 꼬리를 물고 늘어지고
시소를 타듯 그네를 타듯
생각의 허리띠를 풀고 옥죄이고

진흙으로다 세모래로다
밥을 안치듯 반죽을 하듯 주물럭거렸으니
그 서푼짜리 지식과 이념과 사상의 관념을
양푼이비빔밥처럼 마구 뒤섞었으니
피 너무 묽어 고민인 엘리엇 씨
그 반동이었을까 진한 차를 얼마나 자주 마셨는지
대리인 프루프록을 내세워
I have measured out my life with coffee spoons;
품위 있게 노래했지만
우리는 그럴 시간도 여유도 없었느니라
우리가 할 수 있는 것은
커피 스푼 들어내고 그 자리에 penis를 들어앉히고
빗속에 어깨동무하고 갈짓자 걸음으로 히히덕거렸으니
전두엽에 좀이 슬면 차라리 낙원이요
근심하는 해마에게는 골짜기마다 지옥이라

자, 이제 우리 그만 작별하세

4
괄호 열고…
괄호 닫고…

낭랑하신 선생님 말씀

뭐 그다지 주의할 것도 중요한 것도 없지만
못 미더워 주석을 다는 마음으로
한 번 더 초를 치는 마음으로
괄호 열고… 괄호 닫고…

괄호 열 때도 있었으리라
꽃이 자기를 열 때
괄호 닫을 때도 있었으리라
벌을 제 품에 끌어들일 때

그러나 괄호 밖으로 나올 때
가지 마, 꽃이 속삭일 때
벌에 쏘여 꽃 지뢰 터지는 소리!
가라구, 꽃이 명령할 때
벌 한쪽 날개에 실리는 시한폭탄!
괄호 열리면 막막 광야
(괄호 닫으면 캄캄 동굴)

무덤 열고
무덤 닫고

그때부터 나는 천하태평하리라

자, 이제 우리 그만 작별하세

5

뒤울안 늙은 감나무 아래
정화수 떠놓고 날 위해 비손하던 할머니
그런 내 눈에 이미 이가 득시글거리고
콧구멍으로 파리 떼 들락거리고
귓바퀴에는 진드기 창궐하여
바람 앞에 멍멍 서 있으니
아 망신이여 망가진 영혼이여
서녘 하늘에 붉은 노을 굿판의 무당 옷처럼 펼쳐지면
미리 받아 챙긴 저승길 노잣돈으로
부력 좋은 물침대표 칠성판 하나
싸게 살 수 있을는지
출렁출렁 파도타기 할 수 있을는지
조각배 삼아 밤도와
고향 전주천변 '한벽당(寒碧堂)'에 이르러
그 윗내 물속에 돌 쌓아 타원형 만들고
거기 맨 안쪽에 깻묵 넣은 어항 놓고

피라미 몰아 잡던
그 놀이나 해종일 해볼 수 있을는지
지치면 그곳 둔덕 위 늘어서 있는 주막에서
오모가리탕으로 마지막 요기를 하고
세상 뜬다면 세상 뜰 수만 있다면
억울할 것도 슬플 것도 없을 것 같네

자, 이제 우리 그만 작별하세

시로 쓴 시론
—
해설

네 노래는 거기 있어라

……강가에서 나는 울었노라, 라고 너는
쓰지 않았다
바벨론의 여러 강가가 아닌 한강 강변에 앉아서도
너는 운 적이 없으므로 울지 않았으므로
그리하여 강에서 멀리 외따로 떨어져 너는
백지 위에 집을 그리고 길을 만드는 일에 복무했다
유행에 뒤떨어진 가사를 적어넣으며
어머니를 팔았다 누이를 불러냈다 놀보 아내의 주걱
밥풀떼기에 입맛 다시는 가난 동무에 정을 주었다
그때마다 조롱하고 충고하는 자가 있었으니
이보게, 그런 구닥다리 노래론 훌륭한 가수가 될 수 없어
장돌뱅이 약장수 각설이 품바꾼도 들어주지 않을걸
젊은 뮤즈들을 보라고 화려한 레토릭의 전신갑주를 걸친
처녀들의 부푼 가슴을 날카롭게 위무하는
어둠 속 한줄기 빛에 탐닉하는 저
하루살이들을 가지고 무엇을 쓰겠나

사악한 뱀의 간계를 낡은 봄을 무찌르는 탱크를

탱크를 뛰어넘어가는 나비의 날렵함을
티없이 맑고 깨끗한 영혼을 그로테스크한 언어유희를
그런 노래를 적었던들 너는 외롭지 않았을걸
열외의 쓴맛은 맛보지 않았을걸
파리 떼의 날갯짓 소리에는 태연히 미소 지었을걸

너를 치도곤한 네 노래는 거기 있어라
장미나무 매화나무가 아니면 어떠랴
나가미 아래 썩어 문드러진 생강나무 진액
매운 재 되어 바람에 날리는 그곳에
네 노래는 있어라
발치에 흐르는 강이 멀리 깃발처럼 흔들리며 올 때
단풍 빛깔로 한소끔씩 밀물져올 때
노래로 시든 내 생이 혹시 너를 아프게 했*는지 되뇌이며
마침내 강가에서 나는 목놓아 울었노라, 라고 쓸 수 있을 때까지
네 노래는 거기 있어라

* 페데리코 가르시아 로르카(1899~1936): 스페인의 시인 · 극작가.

| 해설 |

봄밤에 울리는 위로의 노래

염무웅 (문학평론가)

여는 글

오랜 시인 경력에도 불구하고 박해석은 비교적 소수의 독자들에게만 알려져 있고 아마도 극소수의 독자들로부터만 사랑받는 시인일 것이다. 이 글을 쓰고 있는 나 자신도 그동안 그의 시를 주목해서 읽어오지 못했다. 솔직히 고백한다면, 이 선집에 수록된 120여 편의 시를 읽기 시작한 것도 느닷없는 부탁으로 마지못해서였다. 그러나 다 읽고 난 지금의 나에게는 좋은 저서를 읽고 났을 때의 뿌듯함과 더불어 한 성실한 시인의 인생의 여정을 목격하고 난 뒤의 감동이 찾아와 있다.

미리 말하거니와 그의 시들은 어느 작품에나 언어를 다루는 시인의 정성이 배어 있다. 누추한 삶의 현실을 고백하듯 묘사할 때에도 시인의 자세는 최선의 진지함을 다하고 있어서, 마치 더러운 풍경의 그림에서 더러움 아닌 아름다움을 보게 되는 것처럼 우리가 그의 작품에서 보는 것은 꼼꼼하게 다듬어지고 잘 정돈된 우리말의 질서이다. 어떤 점에서 이것은 성공한 예술작품이 언제나 다소간 행사하는 모순이다. 창작자로서 견디기 힘든 고통과의 미학적 대결이 어째서 향수자에게는 미적 쾌감과 고통의 초월을 선사하는가.

내가 말하고 싶은 것의 요지는 시인 박해석이 오래 힘들여 작업한 결과가 독자들에게는 커다란 즐거움으로 돌아왔다는 사실이다. 세상은 각박하나, 각박함을 견뎌낸 시인의 문학적 헌신은 작든 크든 세상에 빛을 더하는 고마움을 일구어낸다.

시인의식의 원점

박해석 시들의 밑바닥에 깔려 있는 정서적 특징을 한마디로 요약하면 시대와의 불화라고 말할 수 있다. 수십 년간 생계를 위한 나날의 노역에 시달리면서 가까스로 틈을 내어 시를 쓸 수밖에 없었기에 그의 문학에는 어쩔 수 없이 희망과 긍정의 분위기를 나타낼 공간이 매우 협소해져 있다. 그의 밥줄을 쥐고 있는 바깥 사회에서의 끊임없는 시달림 속에서도 그는 세상과 타협하거나 세상에 굴복하지 않았다. 이렇게 체질화된 집념을 그는 '가시'라고 부르는데, 이 가시를 그는 양보할 수 없는 자신의 시적 정체성으로 인식한다.

평소 흠모하던 시인을 처음
뵙는 자리에서
말에 가시가 있는 시는
좋지 않다고 해서
집에 돌아와
그 가시가 어디에 박혀 있는지
찬찬히 들여다보았습니다

가시가 보이기는 보이는 것이었어요

빼버리려면 빼버릴 수도 있는 것이었어요

그런데 말이지요

그냥 그대로 놔두기로 했습니다

그 가시 하나로 버텨온 것을

그 가시 하나로 겨우 살아온 것을

오랜 살붙이처럼 피붙이처럼

징그러운

—「가시」 전문

이 작품에는 소박한 대로의 시인 박해석의 사회적 태도가 분명하게 드러나 있다. 선배시인이 '가시'라고 불렀던 외곬의 집념 때문에 박해석은 문단과 독자들의 환영을 받지 못했을지 모른다. 하지만 그럼에도 불구하고 '가시'는 세상의 요란한 잡답 속에서 그로 하여금 그다움을 유지하게 해준 것, 온갖 비참 가운데서도 그를 그로서 지탱하게 해온 버팀목이었다. '가시'는 실상 그 자신에게도 "징그러운" 것이지만, "오랜 살붙이처럼 피붙이처럼" 이미 자기 몸의 일부로 육화되어 있는 것이다. 그는 결코 자신의 정체성을 포기할 수 없다.

그러면 그 가시는 어디서 유래한 것인가. 이것은 박해석의 인생역정 전체를 통해서 살펴볼 의문이지만, 시인으로서의 그가 읽고 배우면서 정신적 스승으로 여긴 사람은 누구보다 우선 김수영(金洙暎, 1921~68)이었다.

설움의 사나이 김수영을 읽으며 두 번 울 뻔한 적이 있지. ……야경꾼과 20원 때문에 10원 때문에 1원 때문에 우습지 않으냐 1

> 원 때문에 싸우고, 모래야 나는 얼마큼 작으냐 바람아 먼지야 풀아 정말 얼마큼 작으냐고 탄식할 때, 어느 날의 일기에서, 내달부터 신문사 일을 보게 되었다고 시인이 말하자, 무엇으로 들어가냐고 어머니가 물어올 때, 번역도 하구, 머어 별것 다아 하지요, 내가 못하는 일이 있나요! 하고 대답하고 곧바로 참패의 극치다라고 적어놓았을 때, 삐쭉 눈물 한 방울 비치며 콧마루가 시큰해왔지.
>
> —「진달래 꽃잎을 술잔에 띄워 마시며」 앞부분

김수영 시인이 먹고 사는 문제의 수레바퀴 밑에서 한 번도 빠져나온 적이 없었다는 것은 널리 알려진 사실이다. 많은 시와 산문에서 김수영은 자신의 가난을 숨김없이 드러냈다. 위의 인용에서 보듯이 그는 잠시 신문사에 취직한 적도 있지만 곧 그만두었고, 양계(養鷄)에 손을 대기도 했으나 그것으로 생계가 해결될 수는 없었다. 그가 가장 오래, 그리고 가장 자신 있게 계속한 작업은 번역이었다. 불의의 사고로 세상을 떠나기까지 그는 뜨내기 날품팔이처럼 해오던 번역 일을 떠나지 못했다. 가난한 생활현실은 김수영 문학의 불변의 토대였다.

그러나 가난한 삶은 김수영에게 결코 수치가 아니었다. 가난은 오히려 시인다움을 수호하는 양심의 시금석이었다. "세계의 가장 비참한 사람이 되라"고 김수영이 후배들에게 권했을 때 비참은 물론 단순히 물질의 상태를 가리키는 것이 아니었다. 번역 일도 김수영에게는 단순한 생계수단만은 아니었다. 그는 번역을 통해 자기 시대의 억압과 금기에 구멍을 내고 세계의 호흡을 함께 숨 쉴 수 있었다. 어떻든 박해석은 선배시인 김수영이 가난의 쇠줄에 목이 매여 끌려가면서도 세속의 부귀에 항복하지 않는 불굴의 자존에 깊이 공감한다.

(김수영 시인과의 인연은 「종로유사(鐘路遺事)」라는 작품에도 나온다. 이 작품에서 시의 화자는 잡지사에서 일할 때 김수영이 번역한 제임스 볼드윈의 장편소설 『또 하나의 나라』 원고를 윤문하는 작업을 맡게 된다. 김수영 사후 몇 년 뒤의 일이라고 화자는 회상하지만, 이 번역은 이미 1968년에 신구문화사에서 '현대세계문학전집' 제9권으로 출간된 바 있다.)

소시민으로서의 시인

아우슈비츠의 비극을 겪고 나서 철학자 아도르노(1903~69)는 "아우슈비츠 이후 서정시를 쓰는 것은 야만이다"라고 탄식했다. 잘 알려져 있다시피 이 말은 동시대의 모든 시인과 지식인에게 자신들의 존재이유를 묻는 하나의 결정적 심문(審問)으로 주어졌다. 그러나 죽음의 수용소에서 간신히 살아남은 당사자 중의 한 명인 파울 첼란(1920~70)은 서정시 「죽음의 푸가」를 통해 끔찍함의 극치를 통렬하게 언어화했고, 그러자 아도르노는 첼란의 시가 "침묵을 통해 극도의 경악을 표현했다"면서 자신의 말을 수정했다. 나치스 시대의 정치폭력에 저항한 브레히트(1898~1956)의 작품 「서정시를 쓰기 힘든 시대」 역시 이 주제에 대한 유명한 응답의 하나로 회자되었는데, 박해석에게도 이 주제는 평생을 따라다닌 시적 화두가 된다.

아우슈비츠 이후에도 수많은 시가 쓰여졌다

나는 육이오 전쟁중에 태어나 오늘까지 살아남았다

아우슈비츠 유대인만큼 지독하지는 않지만
혈떡이며 숨막히며 가슴 두근거리며 살아왔다
머리털 손톱 발톱 뽑히지 않았지만
내일을 모르고 희망의 벽에 둘러싸여
세상 밖으로 나가려고
이 세상 밖이라면 어디로든 나가보려고
오늘을 할퀴며 살아왔다

아직 목숨이 붙어 있어 이렇게 시라는 걸 끄적거린다
아우슈비츠 가스실에서는 통곡을 하며 죽어갔는데
나는 누구 심금을 울리려고?

퉤!

—「나쁜 서정시」 전문

아우슈비츠의 죽음을 상상하며 시인은 자신이 살아온 삶의 이력의 왜소함을 들여다본다. 6·25전쟁은 아우슈비츠의 학살과는 또 다른 차원에서 전국토를 뒤덮은 끔찍한 비극이었다. 처참한 전쟁을 통과하고 살아남아 "헐떡이며 숨막히며 가슴 두근거리며" 소시민의 생존에 매달려 허덕이는 것은 자랑스러운 일인가, 치욕스러운 일인가. 박해석에게 이 질문은 아마 시 한 줄 쓸 때마다 목젖까지 차올라 윽박지르는 평생의 고문이었을 것이다. 그리하여 때로는 자기혐오의 침을 스스로에게 "퉤!" 뱉는다. 산다는 것은 시인에게 무엇보다 부끄러움이었다.

하늘 아래 사는 일 부끄러운 일

사납게 땅을 딛고 별을 올려다보면
잔과 잔끼리 서로 부딪쳐
금이 가고 이가 빠지기도 하지만
모르지 아직은 내 빼앗긴 체온이며
숨결 몇 올 남아
내 이 잔 가까이 떠돌고 있는지
모르지

그러나 지금 이 잔은 침묵하고 있다네
영악하고도 사악한 이 고배의 잔은

—「지금 이 잔은」 뒷부분

시인에게 나날의 삶은 축배가 아니라 독배였다. 그러나 그가 마시는 독배는 한순간에 생사를 결판내는 결정타가 아니라 "금이 가고 이가 빠져" 마침내 "숨결 몇 올" 남을 때까지 체온을 빼앗아가는 생명의 소모전이었다. 박해석의 시세계 전반을 덮고 있는 패배와 수치의 정서는 그의 인생을 지배한 이와 같은 만성적인 갈등의 반영일 것이다.

그러나 다른 한편, 박해석의 문학에서 발견되는 또 다른 특징은 모든 암울한 상황에도 불구하고 그가 최소한의 따뜻한 시선을 끝내 잃지 않는다는 점이다. 소심하되 선량하고 전투적으로 앞장서지는 못하지만 정의의 편에 서고자 하는 시인의 마음은 그의 작품에 일관되게 온기를 부여한다. 다음과 같은 시에서 우리는 시인 박해석의 그러한 마음이 어떻게 탁한 세상을 향해 흐르는 한줄기 작은 청류(淸流)로 되고 있는지 확인한다.

빗속에 교회에 갔다
용서를 빌었으나 잘 안 된 것 같고
나도 아무도 용서하지 않았다
부러 먼 길로 돌아가는 길
비를 막기에는 우산이 점점 작아지는구나
주택가 골목길 한 발 앞서가던 할머니
길바닥에 찰싹 몸 붙인 나뭇잎들 사이에서
모과 한 알을 주워든다
"뭘 믿는 게 있어 혼자 떨어진 게야, 응?
무슨 마음으로 너 혼자서 떨어져 있는 게야"
혼잣말로 중얼거리며 품에 안고 조심스레 걸어간다
나도 저런 모과는 아니었는지
저런 바보 모과로 살고 싶지나 않았는지
발소리 죽이며 뒤따르다 문득,
누구 하나쯤은 용서해보리라 생각한다

—「모과 한 알」 전문

추적추적 비 오는 날 주택가 골목길을 걸어가는 할머니와 길바닥 나뭇잎들 사이에 떨어져 있는 모과 한 알의 구도는 조촐하지만 아름다운 풍경이 아닐 수 없는데, 이 수채화 같은 장면에 돌연 소용돌이가 발생한다. 길 가던 할머니가 모과에게 "뭘 믿는 게 있어 혼자 떨어진 게야, 응? / 무슨 마음으로 너 혼자서 떨어져 있는 게야"라고 측은한 듯 말을 붙이는 순간 우주에는 기적이 일어나는 것이다. 모든 유정 무정의 존재들이 갑자기 서로에게 팔을 뻗고 손을 내밀어 호감과 환대를 표시하는 경이가 연출된다. 그 순간을 목격한 시인도 따뜻한 가슴이 되어 이제 모과

한 알처럼 이름 없이 살아가도 좋다고 생각하며 자신을 핍박했던 세상에 대해 한 가닥 용서할 마음을 얻는다.

큰 비참, 작은 위안

그러나 기적은 드물게 일어나고 시인은 여전히 무력하다. 매일의 고단한 출근길에서 그가 마주치는 것은 그로서는 어째볼 수 없는 객관적 비참들이다. 그가 할 수 있는 일이란 고작 그 현실의 한 귀퉁이를 옮겨 적어 세상에 알리는 것뿐이다. 짧은 시를 한 편 읽어보자.

> 미사일 같은 가스통도 빽빽하게 싣고 달리고
> 자본가들의 파티에 아첨꽃으로 바치는 화분 화환도 싣고 달리고
> 쿠션 좋아 하룻밤에 천국 열두 번 왔다갔다한다는 외제 침대도 싣고 달리고
> 철거당한 민중 미술도 전봉준처럼 싣고 달리고
> 별동네 달동네 겨울나기 연탄들을 시커멓게 웃기며 싣고 달리고
> 변두리 변두리로 쫓겨가는 일가족의 비 맞은 이불보따리도 싣고 달리고
> 죄없이 죽어 거적때기에 둘둘 말린 시퍼런 주검도 쌩쌩 싣고 달리고
>
> —「타이탄 트럭」 전문

여기 보이듯이 거리 한 모퉁이에 설치된 카메라는 다양한 장면들을 논평 없이 잡아 단지 제시할 뿐이다. 우리는 지난날 자연

주의 소설에서 보았던 현실의 어두운 단면들이 화면 위로 지나가는 것을 말없이 바라본다. 이 편집된 화면들의 드러나지 않은 배후에 시인은 무엇을 저장해놓은 것인가. 단순히 섣부른 분노 혹은 값싼 동정이 아닐 것임은 분명하게 말할 수 있다. 어쩌면 시인 자신도 작품에 묘사된 것과 같은 비참과 불의가 공존하는 상황의 모순을 뚫고 나갈 길에 대하여 궁리하고 있을지 모른다.

그러나 길은 보이지 않고 세상의 암흑만 더 자주 눈을 사로잡는다. 다음의 작품에서 그의 시선은 「타이탄 트럭」의 마지막 행에 등장하는 "죄없이 죽어 거적때기에 둘둘 말린 시퍼런 주검"을 집중적으로 조명한다.

네 옷은 네 마지막 밤을 덮어주지 않았다
구름을 갓 벗어난 달이 몇 번 갸우뚱거리며 네 얼굴을 비추고 지나갔다
고양이가 네 허리를 타고 넘어가다 미끄러지며 낮게 비명을 질렀다
가까운 공중전화부스에서는 쉬지 않고 뚜뚜뚜 신호음 소리가 들려왔다
새벽 종소리는 날카롭게 반쯤 열린 네 입술 속으로 파고들었다
환경미화원의 긴 빗자루는 웬 마대자루가 이리 딱딱하냐고 툭툭 두들겨대었다

동대문야구장 공중전화부스 옆 쓰레기 더미 속
파리 떼와 쥐들에게 얼굴과 손의 살점 뜯어먹히며 보름 동안
그는 그들과 함께 살았다 죽었다

—「변사체로 발견되다」 전문

"동대문야구장 공중전화부스 옆 쓰레기 더미 속"에 방치되어 보낸 한 변사체 시신의 보름 동안이 표현주의 영화에서처럼 날카롭게 포착되어 있다. 구름을 벗어난 달, 고양이의 비명, 공중전화의 신호음, 새벽 종소리, 환경미화원의 빗자루 따위의 음산한 소도구들이 간단없이 클로즈업되는 가운데 시의 화자는 "네 옷은 네 마지막 밤을 덮어주지 않았다"라고 말문을 연 이후 더 이상 어떠한 논평도 덧붙이지 않는다. 어쩌면 시인의 이 침묵이야말로 세계의 비정(非情)에 대한 가장 엄중한 항의일지 모른다.

그런데 실은 박해석의 시가 탄생한 곳 자체가 바로 그런 또 다른 지옥으로서의 기지촌 한가운데였다. 다음의 작품에서 그의 회상은 자못 자학적인 가락을 띤다.

또 한 친구가 죽었다
버스로 넉넉잡아 시간 반이면 가 닿는 곳
나는 선불리 가지 않았었다 내 청춘의
무덤이 있는 곳
동정을 빼앗고 사라져버린 누이가 있던 곳
나는 간다 언제나 그렇다 밤으로 스며들었다가
새벽같이 도망쳐 나오는 곳
오쟁이 진 애비와 기둥서방과 하우스보이와
우다위와 감바리와 까리와 지저깨비 들
더러는 양키 물건 장사로 또 더러는
제 피붙이 살붙이 손보기로 밥을 먹던 곳
나는 거기서 처음으로 시를 만났었다

—「부곡(部曲)에 가다」 앞부분

알다시피 미군부대 주변은 한국 사회의 막장 인생들이 모여드는 특수 배출구의 하나이자 외인부대를 위한 환락의 요지경 같은 곳이다. 보통의 한국인으로서는 지켜야 할 인간적 품위도 최소의 자존심도 내던진 막다른 골목, "제 피붙이 살붙이 손보기로 밥을 먹던 곳", 그가 "청춘의 무덤이 있는 곳"이라고 불렀던 그 땅에서 그러나 박해석은 역설적으로 목숨을 부지하기 위한 최후의 거점을 발견한다. 그것이 그에게는 시였던 것이다. 시야말로 박해석에게는 삶의 밑바닥으로부터 수면 위로 치고 올라가기 위해 디딜 수 있는 유일한 발판이었다.

다음의 인용에서 보는 바와 같이 그가 오늘 이 땅에서 여전히 시인 노릇을 하면서, 1천3백여 년 전의 당나라 시인 두보(杜甫, 712~770)의 참혹한 행로를 새삼 떠올리고 위로를 받는 것은 세상의 참혹을 견디는 문학의 힘이 동서고금의 시차와 공간차를 넘어 아직 지속되고 있음을 그가 믿기 때문이다.

> 삼협에 뜬 달이 물마루 가슴마루에 비쳐드는 외로운 심사
> 타향 떠나면 또 다른 타향 거기 어딘가에 굶어 죽은 아들 묻고
> 평생 먹물 노릇 후회는 하지 않았는지요
> 그대 시편 행간마다 피비린 북소리 울리고
> 쫓겨가는 백성들의 창백한 옷자락 나부끼고
> 잔나비 울음소리에 촛불마저 꺼지는 밤
> 내일이면 또 식솔들 굴비 두름 엮듯 엮어 한 줄로 세워
> 누런 하늘 아래를 걸었으니
> 그대 지고 이고 간 하늘은 오늘 여기도 매한가지
>
> —「봄밤에 짓다」부분

위에서 거듭 살펴본 바와 같이 박해석은 세계를 가득 채운 큰 비참의 현실에도 불구하고 그 현실 앞에서 무력할 수밖에 없는 소시민적 시인의 왜소함을 자신의 내면에서 끊임없이 확인한다. 오랜 고뇌 끝에 마침내 그가 모색하는 것은 세계와의 작은 화해였다. 앞의 「모과 한 일」 같은 작품에서 시도했던 용서의 마음이 그런 것이고, 다음 작품에서 보는 바와 같은 '작은 요구'가 또한 그런 것이다.

너희 살을 떡처럼
떼어 달라고 하지 않으마
너희 피를 한잔 포도주처럼 찰찰 넘치게
따르어 달라고 하지 않으마

내가 바라는 것은
너희가 앉은 바로 그 자리에서
조그만 틈을 벌려주는 것
조금씩 움직여
작은 곁을 내어주는 것

기쁜 마음으로

—「기쁜 마음으로」 전문

험악한 세상이 그의 삶에 '작은 곁'을 내어주었는지 어쨌는지 알 수는 없다. 하지만 확실한 것은 그가 수십 년 애쓰고 노력한 공덕인지 아니면 세상 자체가 조금쯤 너그러워진 덕분인지 그가 생존을 위한 '조그만 틈'을 얻게 되었다는 사실이다. 그 작은 여유가 마련한 미미한 행복을 시인은 '기쁜 마음으로' 받아들이고, 드물게 찾아온 사랑의 감정조차 드디어 그는 기꺼이 시로써 노래한다. 「첫눈에」는 널리 알려진 연시(戀詩)이지만, 다음 작품이야말로 시인이라면 한두 편 반드시 남기고 싶어하는 아름다운 사랑의 시가 아닐 수 없다.

> 속잎 돋는 봄이면 속잎 속에서 울고
> 천둥 치는 여름밤엔 천둥 속에서 울고
> 비 오면 빗속에 숨어 비 맞은 꽃으로 노래하고
> 눈 맞으며 눈길 걸어가며 젖은 몸으로 노래하고
> 꿈에 님 보면 이게 생시였으면 하고
> 생시에 님 보면 이게 꿈이 아닐까 하고
> 너 만나면 나 먼저 엎드려 울고
> 너 죽으면 나 먼저 무덤에 들어
> 네 뼈를 안을

—「사랑」 전문

닫는 글

박해석은 시인으로 살아오는 수십 년 동안 나름으로 최선을 다했다고 믿어진다. 녹록지 않은 생활현실의 압박을 감내하면서도 시인으로서 지켜야 할 최소의 양심을 잃지 않으려 했고, 자기 시대를 지배한 불의와 비참에 대해 적어도 시에서만은 민감하게 반응했으며, 그것에 과감히 행동으로 맞서지 못한 자신의 소심함과 양심의 가책을 진지하게 시에 담았다. 무엇보다 그는 자신의 경험과 느낌을 단아하게 정돈된 우리말의 질서 안에 표현했다.

식민잔재의 유산과 군사독재의 폭압 아래 숨죽이고 살면서 산업화의 속도에 허덕였던 수많은 소시민들은 그의 시에서 자신들이 겪은 고난과 자신들이 느꼈던 억눌린 심정의 '있었던 그대로'를 다수 발견할 것이다. 그들이 박해석의 시에서 많든 적든 위로를 얻는다면 그런 위로의 역할을 하나의 미덕으로 평가하는 것이 각박한 시대를 살아온 우리의 도리다.

요컨대 박해석은 박해석의 삶을 살면서 자기에게 배당된 시인의 몫을 최선을 다해 성실하게 수행했다. 박해석에게 박해석의 것 이상의 삶을 살면서 그에게 주어진 인생의 테두리를 넘어서는 시를 써야 한다고 요구하는 것은 어느 누구에게나 그렇듯이 우리의 권리가 아니다.